図1　ヘクトールに手紙を託すオテア（『オテアの書簡』ロンドン，大英図書館，Harley ms. 4431, f. 95v.）。

図２　４人の男性を教育するクリスティーヌ（ロンドン，大英図書館，Harley ms. 4431, f. 259v.）。

図３　〈公正〉は王妃たちを「女の都」に導き入れる（ロンドン，大英図書館，Harley ms. 4431, f. 323r.）。

図 4　「運命の間」の壁画を眺めるクリスティーヌ（パリ，フランス国立図書館，ms. fr. 603, f. 127v.）。

図5　15世紀初頭の女性のかぶりもの例。(左上：Harley ms. 4431, f. 290r.；右上：クリスティーヌの顔の入った頭文字C；左中：『ベリー公のいとも豪華なる時禱書』「8月」；右中：ヤン・ファン・エイク《アルノルフィーニ夫妻像》1434年，ロンドン，ナショナル・ギャラリー；左下：C. Song and L. R. Sibley, *The Vertical Headdress of Fifteenth Century Northern Europe*, in «Dress: The Journal of The Costume Society of America», 16, 1990, pp. 4–15 所収。Millie Scheid 画；右下：ヤン・ファン・エイク《マルガレーテ・ファン・エイクの肖像》1439年，ブリュージュ，フルーニンゲ美術館)

図 6　執筆に専念するマリー・ド・フランス（パリ，フランス国立図書館，ms. Arsenal 3142, f. 256r.）。

図 7　机に向かうクリスティーヌ（ロンドン，大英図書館，Harley ms. 4431, f. 4r.）。

図8　6月。農作業（『ベリー公のいとも豪華なる時禱書』，15世紀，シャンティイ，コンデ美術館，ms. 65/1284）。

図9　1月。食卓につくベリー公（『ベリー公のいとも豪華なる時禱書』）。

図10　４月。王族の婚約（『ベリー公のいとも豪華なる時禱書』）。

図11，12　下着と袖無し下着（『ベリー公のいとも豪華なる時禱書』）。

図13　自画像を描く女流画家（ボッカッチョ『名婦伝』仏語訳，パリ，フランス国立図書館，ms. fr. 12420, f. 101v.）。

図14　プローバ（ボッカッチョ『名婦伝』仏語訳，パリ，フランス国立図書館，ms. fr. 598, f. 143r.）。

図15　サッポー（ボッカッチョ『名婦伝』仏語訳，パリ，フランス国立図書館，ms. fr. 598, f. 71v.）。

図16　ルイ・ドルレアンに『オテアの書簡』を献じるクリスティーヌ（ロンドン，大英図書館，Harley ms. 4431, f. 95r.）。

図17　クリスティーヌは王妃イザボー・ド・バヴィエールに自作を献じる（ロンドン，大英図書館，Harley ms. 4431, f. 3r.）。

図18　クリスティーヌと武装したミネルウァ（『軍務と騎士道の書』，ロンドン，大英図書館，Harley ms. 4605, f. 3r.）。

図19　手に鏝をもったクリスティーヌは，女の都の城壁を造る（『女の都』，ロンドン，大英図書館，Harley ms. 4431, f. 290r.）。

図20　クリスティーヌ没後に描かれた，机に向かう彼女と徳の婦人たち（『女の都』，パリ，フランス国立図書館，ms. fr. 1177, f. 3v.）。

図21　〈公正〉は名婦たちに囲まれたクリスティーヌを迎え入れる（『女の都』，パリ，フランス国立図書館，ms. fr. 1178, f. 64v.）。

図22　書斎で執筆に専念するクリスティーヌ（『運命の変転の書』表紙，ミュンヘン，バイエルン国立図書館，ms. Gallica 11, f. 2r.）。

図23　たくさんの書物のある寝室で，写本を読むクリスティーヌ（『軍務と騎士道の書』，ブリュッセル，王立図書館，ms. 9009-11, f. 118v.）。

図24　左：〈理性〉〈公正〉〈正義〉がクリスティーヌの前にあらわれる。右：〈理性〉は，クリスティーヌが女の都を造るのを手伝う（『女の都』，パリ，フランス国立図書館，ms. fr. 607, f. 2r.）。

図25　青い服を着たクリスティーヌと〈理性〉は，「女の都」を建設する土地を準備する（『女の都』，ブリュッセル，王立図書館，ms. 9235, f. 10v.）。

図26　「女の都」を建設する土地を準備するクリスティーヌと〈理性〉（『女の都』，ロンドン，大英図書館，ms. add. 20698, f. 17r.）。

図27　つづれ織りを織る女（『女の都』，ロンドン，大英図書館，ms. add. 20698, f. 90r.）。

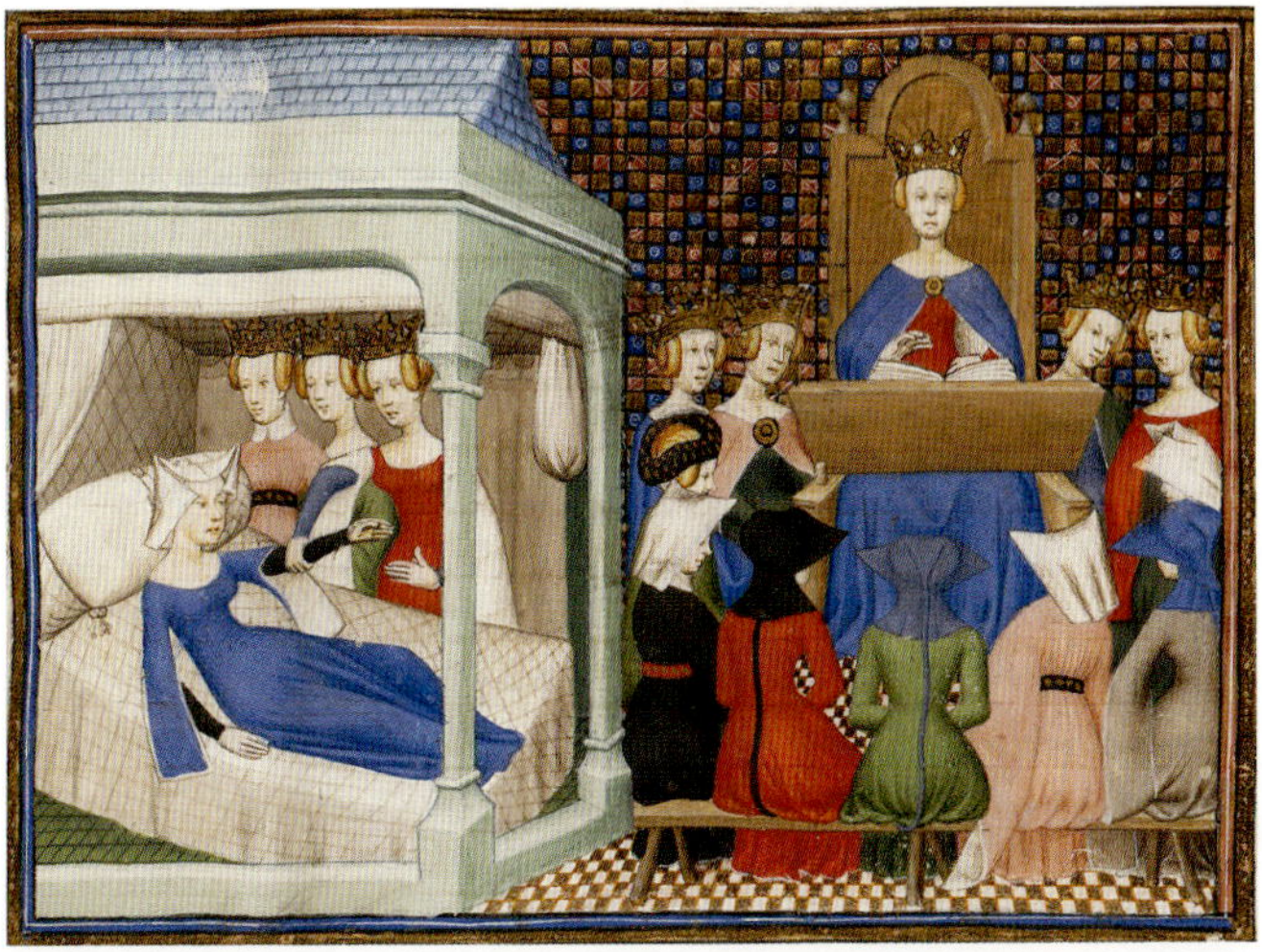

図28　左：〈理性〉〈公正〉〈正義〉が，執筆を再開するようにとクリスティーヌに催促する。右：壇上の〈賢明〉（『女の都の宝典』，ボストン公立図書館，ms. fr. Med. 101, f. 361r.）。

図29　クリスティーヌは『女の都の宝典』をマルグリット・ド・ブルゴーニュに献じる（パリ，フランス国立図書館，ms. fr. 1177, f. 114r.）。

図30　ルイ・ドルレアンに作品を献じるクリスティーヌ（『オテアの書簡』，パリ，フランス国立図書館，ms. fr. 848, f. 1r.）。

図31　ジャン無怖公《サン・プール》（フランドル画派，15世紀，アントウェルペン，王立美術館）

図32　ブルゴーニュ公フィリップ豪胆公《ル・アルディ》（フランス画派，16世紀，ヴェルサイユ，国立美術館）

図33　天空のクリスティーヌとシビュラ（『長き研鑽の道の書』，ロンドン，大英図書館，Harley ms. 4431, f. 189v.）。

図34　クリスティーヌは息子に教訓を授ける（『わが息子ジャン・ド・カステルに与える道徳的教訓』，ロンドン，大英図書館，Harley ms. 4431, f. 261v.）。

図35　ジュディ・シカゴ《ディナー・パーティー》，1979年，著名婦人のためのテーブル

図36　クリスティーヌの席

図37　クリスティーヌの席のテーブルクロスの刺繍。頭文字に，イザボー・ド・バヴィエールに作品を献じるクリスティーヌが見える。

フランス宮廷のイタリア女性

M.G.ムッツァレッリ著

フランス宮廷のイタリア女性

―「文化人」クリスティーヌ・ド・ピザン―

伊藤亜紀訳

知泉書館

UN'ITALIANA ALLA CORTE DI FRANCIA

by

MARIA G. MUZZARELLI

凡　例

一　本文に引用されているクリスティーヌ・ド・ピザンのテクストについては、可能な限りフランス語原文を参照しているが、訳出にあたっては原則として原著者の意向に沿い、原著に引用されているイタリア語訳から日本語訳した。

一　原著においてイタリック体で強調されている箇所は「　」で示し、場合に応じてルビを付した。

一　訳者の配慮で、〔　〕によって説明を補った箇所がある。

日本語版への序文

このたびの拙著の邦訳により、クリスティーヌ・ド・ピザンという傑出した人物が、日本においても知名度をあげることになるでしょう。十四世紀から十五世紀にかけて生きた初の在俗の知的職業婦人をとりあげたということに、本書の意義があるとわたしは確信しています。

教養と勇気、そして能力に恵まれたクリスティーヌは、数多くの論題にとりくみ、平和や騎士道、女性の尊厳の擁護など、多様な方面で女性初の作品と称されるものを遺しました。彼女が目指したのは一貫して教育、とりわけ平和教育であり、それは国境を越えて成功をおさめています。イタリア生まれ、フランス育ちという経歴のゆえに、彼女は各国の宮廷——イングランド王のみならずミラノ公からも招聘の要請を受けました。これはすべてボローニャのピッツァーノに生まれ、ボローニャの学者《ストウディウム》として活躍した父親から授けられた教育のおかげです。一連の不幸が彼女を危機に陥らせたこと、そして最初の重要な注文が、フランス王シャルル五世の弟からの、今は亡き愛する王の伝記であったことが、彼女のその後の人生を決定づけました。

つまりふたりの男性、すなわち彼女の父親とプルコーニュ公フィリップ豪胆公《ル・アルディ》がクリスティーヌに自らの命運を賭けたと言えます。彼女の初期の韻文作品を好む人びとは多く、またパリでは、机に向かう彼女自身の挿絵のある美しい彩色写本を求める者も少なくありませんでした。女流作家の肖像は、その作品に付加価値を与えます。彼女は苦労を重ねて当時の主要な知識人たちと渡りあい、王妃と直接向きあい、女性の知性と道義を貶める者には権威をもって異議を唱えました。

クリスティーヌの物語から、「暗黒」というイメージとはまったく異なる中世のひとこまが浮かびあがります。そしてそれゆえ、この邦訳が、クリスティーヌという傑出した人物を新たな読者層に紹介し、日本の研究者たちと彼女について議論する機会をもたらしてくれると考えています。わたしは以前から日本人研究者、とりわけ大黒俊二、山辺規子の両氏と中世に対する情熱を分かちあい、そしてこの時代に関心を抱く若者たちの育成に心を砕いてきました。現在、われわれはさらに議論を重ね、中世を伝えひろめるのに、伝統にとらわれぬ型にはまらない考え方をもつようになりました。ヨーロッパよりもむしろアメリカでよく知られているクリスティーヌの特異な人生は、従来の陳腐な論点を見直させ、われわれに彼女の非常に現実的な主張を伝えてくれます。もしこの物語がなんらかのかたちで現代にも通じるものであるのなら、今回の伊藤亜紀さんの仕事により、クリスティーヌは読者の方々にきわめて近い存在となると思います。

フランス宮廷のイタリア女性　目次

目　次

序　文

ピッツァーノは、ボローニャのモンテレンツィオのコムーネにある小村で、アッペンニン山脈を横切る街道沿いに位置する。ピッツァーノの分離集落に着き、標識を見て二つめの曲がり角を過ぎると、左にヴィア・ディ・ピッツァーノという道がある。この道を歩いていくと、集落の荒れ地と緑の丘のあいだに家並みが見える。車や定期バスに乗ってカ・ディ・バッツォーネに下っていくと、イーディチェの谷に、とある閑静な土地がある。今日、この土地の住民にトンマーゾ・ダ・ピッツァーノとその有名な娘について知っているかどうか尋ねても、否という答えしか返ってこない。

クリスティーナ・ダ・ピッツァーノ——その生涯の大半をフランスでおくり、作品もフランス語で書いたため、クリスティーヌ・ド・ピザンの名で知られているが、傑出した人物でありながら、大半の人びとにとっては未知の存在でしかない。近年では彼女に関する論考がいくぶん増え、その思想の多様な側面が検証されてはいるものの、イタリアで翻訳された作品は、いくつかの単発の作品を除けば、『女の都』(1)と『ジャンヌ・ダルク讃歌』の二つしかなく、さらに『薔薇物語』論争に貢献したことが知られているくらいである。(2)いっぽう研究者、とりわけ中世史や同時代のフランス文化の専門家、ジェンダー研究者であれば、彼女についての知識がある。何から何まで初めてのことずくめで、世間の常識を数多く覆した彼女の人生については、もっとたくさんの人びとに知られて然るべきである。

なぜ彼女の名声は、このように局地的で、ごく限られたものなのだろうか。その理由として、ここ数年、ジェンダー研究の愛好家たちが彼女に関心を寄せていることが、結局のところ彼女のイメージを傷つけてしまっていることが挙げられる。「フェミニスト」クリスティーヌは、研究のこのようなタイポロジーに関心のなかった人びとを、みな落胆させた。彼女の作品は、彼女が中世という、女性にあまり発言の機会が与えられなかった時代に生きていたからこそ、フェミニズムと関わっているのである。

女性に家庭という垣根を越える力がまだほとんど与えられていなかった時代、クリスティーヌは能力と勇気をもって行動するという、まことに多様で充実した生涯をおくった。それどころか彼女は「イタリア女性（femme italienne）」でありながらフランスで暮らし、また最初の知的職業婦人でもあって、地理的な垣根から女性の役割という垣根にいたるまで、多くのものを乗り越えたのである。実際のところ、彼女は依頼を受けて報酬を得る作家であって、その著作は政治から「女性論争」、恋愛バラードから伝記、紋章学から若者の教育にいたるまで、多岐にわたっている。新世代を育成することで完璧な世界を一心不乱に模索するクリスティーヌの多くの著作には、この教育に対する熱意が一貫して見てとれる。

クリスティーヌという人物には、多くの側面がある。シモーヌ・ド・ボーヴォワールが『第二の性』において述べているように(3)、彼女は中世にありながら自分の言葉をもち、とりわけ女性の役割と、その状況を改善するために行動することがどれくらい必要かについて、自らの意見を表明することのできた数少ない女性のひとりなのである。

ここでは、その並はずれた人物の数々の側面を語ることになるが、なにはともあれ彼女は生粋のイタリア人ではあるものの、その人生はイタリアから遠く離れ、百年戦争で疲弊したフランスで展開されることになる。

さまざまな悲劇的な事件を背景に、クリスティーヌはペンをとって生計をたて、知的に働くという役割と名声を勝ち得た。この世にも稀な女流作家は、五〇歳を過ぎた頃に、パリやフランスを荒廃させた混乱や暴力を避けるべく、ポワシーのサン・ルイ修道院に在俗のまま隠遁する。二五以上もの作品を執筆した後、おそらく彼女は、完全に筆を折ったつもりであったに違いない。しかしランスでシャルル七世を戴冠させるという、不可能にも近い試みを実現させたジャンヌ・ダルクのことを伝え聞き、クリスティーヌは考えを変えたのである。

ひとの言いなりになることのない、反発心と闘争心にあふれる女性。勇気があり、また賢明でもある女性は、その時代にじゅうぶんに根を下ろしてはいたものの、先見の明があり、己の能力と役割を自覚し、他者の教育に慎ましく従事した。もし彼女が「先駆的な」フェミニストでなかったとしても、長く耐え忍ぶことを運命づけられた女性の役割に関する議論の根源にいたことは間違いない。クリスティーヌは、「論文」で重要かつデリケートな問題を扱っているが、西洋文化においてとりたててよく知られた人物というわけではなく、また哲学者でも教育者でもないが、そのどちらでもあると言える。いかなることをしたとしても、彼女は徳と中庸、規律と賢明さを中心に据え、これらがより暮らしやすい世の中にするためのみならず、男女の育成に不可欠なものと考えていた。彼女は何の専門家でもないが、多くの関連する知識を愉しみ、つねに若者のことを考えてそれを世に広めた。
われわれの西洋の伝統においては数えきれないほどの「父」がいるものだが、少数ではあるものの、学識と思慮にあふれる偉大な「母」がいる。クリスティーヌ・ド・ピザンとは、そのような母のひとりなのである。

私を信頼して助けてくれたエリザベッタ・グラツィオーズィとウーゴ・ベルティ、そしてタイプ原稿を注意深く読んでくれたパトリツィア・カラッフィに感謝を捧げたい。

フランス宮廷のイタリア女性

——「文化人」クリスティーヌ・ド・ピザン——

Ⅰ　あるイタリア女性の物語

この物語の舞台はピッツァーノではないが、ボローニャから二十キロほど離れたモンテレンツィオのコムーネにある、その小さな分離集落と分かちがたく結びついている。現にトンマーゾ・ディ・ベンヴェヌートは、この土地に因んで、ダ・ピッツァーノとかデイ・ピッツァーニ、もしくはダ・ボローニャとも呼ばれている(1)。十四世紀後半に生きたトンマーゾは、ボローニャ大学で医学と占星学の学位を取得して早くから名声を獲得し、ヴェネツィア、次いでパリで活動して一家の故郷の名を世に知らしめた。

もしもピッツァーノという土地がトンマーゾを誇りとするならば、その娘クリスティーナ――すでに述べたように、生涯の大半にあたる六十年以上をフランスで過ごしたために、フランス語名クリスティーヌ・ド・ピザンとして知られている――に対しては、さらに感謝を捧げねばならない。一家の故郷はフランス語化されても、この傑出した女性の名と共にあった。彼女は十五歳のとき、フランス人の公証人で当時二四歳のエティエンヌ・カステルと結婚したが、夫の姓を名乗ることはなかったし、結婚から十年後の一三九〇年に寡婦となって作品を執筆し始めても、その姓を署名に使うことはなかった。

したがってクリスティーヌの物語は、ひとりのイタリア女性の物語でもあり、彼女自身、自分を「イタリア女性（une femme italienne）」(2)とみなしているのである。

姓となるピッツァーノについては、これ以降、一家の故郷に言及するときにのみ触れることにする。事実、クリスティーナの人生と物語は、別の地で展開する。彼女は一三六五年にヴェネツィアで生まれたが、父親から教育を受けたことに始まり、普通の女性とは異なる人生を歩んだ。トンマーゾ・ダ・ピッツァーノは彼女に読み書きだけでなく、当時の女性とは別格の教育をほどこし、彼女を勉学に没頭させ、知の恩恵に預からせた。この学習はクリスティーナが結婚するまで続き、彼女は可能な限り、この機会を利用した。のちに彼女自身このことを述懐して、父親の知識の恩恵をじゅうぶんにこうむらなかったことや、「食卓から落ちるわずかなパン屑（mietes cheans de haulte table）」ほどにも父親の叡智を学びとらなかったことを嘆いている(3)。女性としては、父親の「大いなる富」のおこぼれで満足しなければならない。「わずかばかりの蓄え。これこそが私の作品から得られるものである」。一四〇三年頃に書いた長大な韻文作品『運命の変転の書』（二三六三六行の詩と、一章の散文）のなかで、彼女はこう述べている。この作品の第一部は、クリスティーナの生涯を寓意的に語っている。(4)

傑出した人物である父親に認められ、さらに収入を著しく増やすことができたおかげで、彼女は初のプロの女流作家になることができた。運命が彼女の人生に、その全財産を失わせるほどの不幸を与えたときも、彼女は天賦の才に恵まれていたために、これまで積み重ねてきた知識と人脈という資本を投じることができたのである。

彼女はイタリア人であることを自覚してはいたものの、母国にいたのは四年あまりに過ぎず、その作品はすべてフランス語で書かれている。彼女とフランスの結びつきはきわめて強く、そして「先駆的な」愛国者であり、ヨーロッパという領域での文化人であったことは疑いない。

クリスティーナについてわれわれが知っているのは、彼女自身が伝達者であったということである。(5)彼女はフランス王シャルル五世伝という、重要な伝記を書いたが、自叙伝を執筆することはなかった。彼女が自叙伝を書くのにやりがいを感じるとか、評価されうる仕事だと考えることはなかったのは確かであるが、多くの作品中で自分の存在を巧妙にちらつかせている。そのおかげで読者は、彼女の父親が、医者仲間で『解剖学』の著者トンマーゾ・モンディーニ・ダ・フォルリ（おそらくかの「モンディヌス・デ・リウッツィス師」）の娘と結婚し、ボローニャから報酬の多いヴェネツィアに移ってきたのを知ることができる。クリスティーナは『クリスティーヌの夢の書』（一四〇五年）のなかで、このことについて触れている。

わたしはイタリアのヴェネツィアで高貴な出自の両親のもとに生まれた。ボローニャ・ラ・グラッサ——わたしはのちにここに移ることになるが——生まれの私の父は、ヴェネツィアでわたしの母と結婚した。それというのも父は、フォルリ生まれの学士号をもつ学者兼医者で、ボローニャ・ラ・グラッサの学府の教授となった私の祖父と、最前から懇意にしていたからである。わたしの生地ヴェネツィアでは、父は顧問官《コンシリエーレ》であった。すなわち彼の親族のおかげで、ヴェネツィア人から尊重され、彼の学識の価値と権威のゆえに、わが生地の顧問官とみなされた。(6)

近年の研究によれば、クリスティーナの祖先は一三二〇年頃にピッツァーノを離れてボローニャに移り住んだという。すでに述べたように、クリスティーナの父は一三一五年から一三二〇年のあいだにボローニャで生まれ、一三四三年に医学の学位を取得した。一三四二年から一三五六年まではボローニャ大学で教鞭をとり、その後、一三六五年に娘が生まれるまでヴェネツィアで過ごした。ボローニャでの日々ののち、一三六八年にパリに招聘され、一三八七年には同地で亡くなっている。ダ・ピッツァーノの家系図をつくるには、その一族の名がボローニャの公証人の記録にあらわれる十三世紀初頭にまで遡らねばならない。じつは今日では、以前と比べるとクリスティーナの社会的地位について多くのことが明らかになっており、彼女が公証人の高貴で古い家柄の出身であることがわかっている。当時、騎士と公証人は、社会階層の頂点にあった。一族は十三世紀にボローニャに居を定めたが、ピッツァーノと、今日ではカザレッキオ・デイ・コンティの名で知られる「イーディチェの向こうの」地域の所有権を保持していた。クリスティーナという名前については、一家が登録されているカッペッラ・サン・マモロのボローニャ教区教会から割り出せるだろう。(7) ちなみに一三五七年の文書には、彼女の父について記されており、「トンマーゾ・ディ・ベンヴェヌート・ダ・ピッツァーノ師、医者、ボローニャ市民、カッペッラ・

サン・マモロの居住者」(8)とある。

先述のとおり、ヴェネツィアで生まれたクリスティーナではあったが、一三六五年から一三六八年までの幼年期を、この干潟《ラグーナ》の街ではなくボローニャで過ごしたのち(9)、母と兄弟たちとともにパリに向かった。トンマーゾとその家族がボローニャにいるあいだに、この医者兼占星術師には二件の仕事の依頼が来た。ひとつはフランスのシャルル五世賢明王《ル・サージュ》、もうひとつはハンガリー王からのものだった。この災難続きの時代に、各国の宮廷は、より優れた知識人を招聘しようとしていたのである。今日とは比べ物にならないほど困難な状況にあって、優秀な頭脳は、広大な知識の市場のなかを国から国へと渡り歩いていた。こういった現象は、とかく中世について先入観や偏見を持っている人びとには、驚きをもって迎えられるものである。

フランス王もハンガリー王もトンマーゾを宮廷に迎え入れたがってはいたが、それは特に彼の占星術に関する知識を高く買ってのことであろう。実際、彼は地上の出来事を天体と結びつける天文学的な予測ができるとみなされていたが、この能力は、政治上の重要な選択を任された者にとって有用であると考えられていた。彼は嵐や洪水の予測、さらには新しいことを始めるのに幸先の良い日を選ぶこともできた。加えて彼は医者でもあり、文化人でもあった。なにより彼はへブライ語を解したと考えられている（彼はヘブライ語の書籍を所持していた）。シャルル五世の死は予測できなかったものの、結果的に己の運はつかみあてたのである。

彼の名声はイタリアの外にまで知れわたった。クリスティーナが述懐しているように、トンマーゾは最高に満足のいく報酬を約束してくれる二人の優れた王に選択を迫られたが、結局パリを選び、ボローニャに家族を残していくことにした。むろん、彼は故郷に戻ってくるつもりだったのである。

クリスティーナは十五世紀初頭の作品『オテアの書簡』――のちにわれわれはこの作品について再度検討することになるが――のなかで、ボローニャ「ラ・グラッサ（豊満）」について触れており、父はまさしくボローニャ、すなわち「ラ・グラッサ」の生まれなのだと述べている。さらに父親とある人物とのあいだの問題に関して言及した文書には、彼については「ボローニャ・グラッサの医師トンマーゾ・デ・ピッツァーノ師」と書かれている。十四世紀末のボローニャは、その一世紀以上も前から、その豊かさのゆえに住民を養うことができるという意味で、「ラ・グラッサ」の呼び名で知られていた(10)。ボローニャ大学を目指してやってきた多くの学生を受け入れ、そして養うことのできるこの都市の収容力は、たしかによく知れわたっており、おそらくトンマーゾが名声を得られたのも、この大学所在地に居住していたおかげであろう。すでに述べたように、彼はヴェネツィアとボローニャでしばらく過ごしたが、ボローニャでは一三四二年にコムーネから占星学の「講義」についての報酬を保証されて採用され、長く教師生活をおくることになる。一三四三年には、トンマーゾはコムーネから五〇リラの支払いを受けている。一三五〇年代に入っても、しばしば大学教員として名を連ねている。そのボローニャに、彼は二度と戻ることはなかった。シャルル五世の宮廷に落ち着くと、家族をパリに呼び寄せた。のちにクリスティーヌと呼ばれることになる、小さなクリスティーナも一緒だった。おそらく彼女は両親の家では相変わらずクリスティーナと呼ばれていたことと思われるが、今や家から一歩外に足を踏み出せば、「クリスティーヌ・ド・ピザン」なのである。

一三六八年、四歳前後のクリスティーヌは、パリの宮廷に「ロンバルディア風の」服装でやってきた。すなわちイタリア人の着こなしと趣味にあった服装であり、知的な職業の人物の「身なり」を特徴づけるものよりも、さらに豪華で洗練されたものであっただろう。パリではトンマーゾに報酬、権利、土地、年金が支給されることになった。およそ十年のあいだ、家族にとってもクリスティーヌにとっても、すべてが順風満帆であった。娘には特別な教育がほどこされたが、その理由は定かではない。

父親から授けられた教育は、差異というものを明確にする。これは、この物語の根源であり、中心である。自分が受けてきたものを他者に返すというかたちで、クリスティーヌが全生涯を通じて負った義務である。アルファであり、オメガである。まさしく天命であり、彼女が運命と定義しているものの表明である。教育を受けるということが、いかに彼女の運命であったかという物語なのである。

Ⅱ　運命と教育、あるいは教育を受ける運命

運命とは、しばしばクリスティーヌの作品にあらわれてくるものであり、『運命の変転の書』[1]という書名にもなっている。この書は全七部構成であるが、クリスティーヌはその第一部で自分の半生を語り、「運命」が全世界を支配するように、自分の人生を支配したと述べている[2]。彼女にとって運命という概念がいかに重要であったかについては、見過ごすことはできない。『運命

の変転の書』以前に書かれ、そしてそれと比べるとはるかに規模の小さい韻文作品『長き研鑽の道の書』[3]にあるように、運命が長いあいだ彼女を邪魔だてし、しつこくつきまとってきたおかげで、彼女は運命ばかりをその身に感じ、さまざまな思いでいっぱいになっていた。

意地悪な「運命」は、
わたしに長いあいだ逆らい、
そして絶え間なくわたしを痛めつけ、
なお飽くことをしらない。
その致命的な行為は、
わたしを完全に打ちのめした。
そしてわたしは深い悲しみに沈み、
ひとりもの思いに耽った。[4]

クリスティーヌは運命を話題にとりあげて（『運命の変転の書』を除いても、彼女の作品中には二四一回以上、言及されている(5)、その移り気や転覆を嘆いたり、良いことが長続きしないのに比べて悪いことはなかなか終わらないと主張する。クリスティーヌ曰く、運命をあてにしないのは賢いことではない。勇気と賢明さが、悪運を多少なりとも解消してくれるものだと信じていたように、彼女は運命を信じていた。『運命の変転の書』の写本のなかに、笑顔と厳格な顔というふたつの顔をもつ婦人が、身ごろの片側は金、もう片側は黒という服をまとい、車輪の上に乗り、左足を火、右足を水につけているところが描かれているものがある。この女性は右手に冠、左手に剣を携えている(6)。

運命のアレゴリーは、彼女の作品ばかりでなく、彼女の同時代人ユスターシュ・デシャン(7)のテクストにもしばしばみられる。彼はシャルル五世に仕え、バラードや道徳的著作を残した人物で、中世末期文学においてはよく知られた存在である。彼は、日の下に変わらぬものなしという「伝道の書」のくだり(一章十一節)を題材にとりあげた。これに対抗する力として、逆境のさいにできることは、確固たる意志を伴った行動だけであるということを意味する〈純粋な意志〉という人物が登場する(8)。時間が経つにつれ、対抗策としての忍耐にますます頻繁に言及するようになる。

もし運命と、彼女が操る車輪について語るとすれば、クリスティーヌにとって好ましかった最初の回転は、その出自、すなわち彼女が特別な人物の娘であったということである。クリスティーヌは父親を、美徳と知恵という無形の財を取り扱い、貴重で、しかも何人も奪い取ることのできない宝に恵まれた人物だと考えていた。事実、一粒種でもない娘にしっかりとした教育を受けさせることは珍しかった。彼があと二人の息子にも同様な教育を授けたかどうかについては、ここでは考えないことにしよう。おそらくこの父親の学術的教養は、その実験者的、悪く言えば「調教師」的な性格のおかげで、まったく型破りの行動を引き起こした。要するに彼は、当時の一般的な女子とは違ったやり方でクリスティーヌを教育したのである。女性はラテン語を解さないとみなされていたので、当時の一般的な考え方によれば、すべてが時間の無駄である。女性自身の性質が、文学を味わうのに適していないというのである。この点に関しては、トマス・アクィナスもまた異なる立場から、女性を非本質的で欠陥のある存在だと考えている(9)。クリスティーヌはこういった見解を意識し、女嫌い《ミソジニー》の古くさい伝統に関しては、『女の都』を執筆するようにと勧めるためにやってきた三人の女性のうちの一人〈理性〉とともに嘆いている。

貴婦人よ、殿方は女性を咎めだてするために、「泣き、しゃべり、糸を紡ぐ者として、神は女性を創りたもうた」というラテン語の格言をよくお使いになるのですね。(10)

クリスティーヌは『運命の変転の書』においてもまた、女性を教育の恩恵を受けていないとして悪し様にいう当時の習慣について触れており、父親から教育を受けた彼女自身、その父の叡智を極めることはできなかったために、このしきたりを非難している。(11) このようなわけで、彼女は当時の状況や、女性が教育を受けるということの特異性をよくわきまえていた。

きわめて教養があるにもかかわらず、彼女はきまって自分のことを口癖のように「ただの無知な女性」(12)とか「ただの目立たぬ」(13)女性であると言っていた。これはおそらく他者に自分を受け入れさせ、少なくとも拒絶されないようにするためのひとつの戦略で、自然な謙虚さのかたちだったのであろう。史書は伝統的にクリスティーヌを知恵と思慮にあふれる女性であると記してきた。(14)彼女は賢明だったので、公然たる慎み（今日ではこれを「控えめな言葉《アンダーステイトメント》」という）を自分に特有の態度のひとつとしたが、彼女がこのように振る舞った初めての女性というわけではない。概して女性は、たとえ実力があっても、自分を言いあらわすのに最小限のことばしか使わないものである。おそらくクリスティーヌは、父親よりもはるかに知識が足りないことを自覚していたけれども、己の並はずれた教養に気づいていないわけではなかった。自分の知的な一面を隠すことは、人びとに受け入れられ、当時の基準に少しでも入り込むのには適している。

女性が教育を受けるというケースは当時としては稀であり、その原因は、時代の限界を超えるという考えに魅了された父親たちにあることが多い。しるしを永く残しておきたいと考えていた男性たちは、女子教育という特別な仕事によって、それを実現させたかったのである。これは一種の挑戦、自然に反する歩みであり、女性の学習能力の限界を知って己の偉大さを立証することであるとも言えた。誇張した言い方かもしれないが、これはオウムを喋らせようとすることや、人慣れしない動物の調教にも比すべきものである。

クリスティーヌの二世紀後にあらわれた有能かつ精力的な画家で、十年間に二百以上もの作品を手がけたエリザベッタ・シラーニ（一六三八―一六六五年）も、「調教師」の父をもつという運命、もしくは宿命にあった。この父親は、すばらしい作品を瞬く間に仕上げる娘を見せ物扱いにしていたのである。彼女は二六歳という若さで亡くなったが、それは長いあいだ信じられてきたように毒殺ではなく、おそらく心労と過労から来る胃潰瘍が原因であった(15)。

トンマーゾ・ダ・ピッツァーノの投資は豊かなものであったが、彼は当時の習慣にしたがって娘を若くして嫁がせてしまったので、これはあまり役に立たなかった。夫は、王の秘書兼公証人となったピカルディー出身の貴族であった。これは人も羨む職業であり、地位である。運命の車輪の順調な回転にも、やがて終わりが訪れる。結婚の同年に王が亡くなり、これが国のみならず、クリスティーヌの家にも暗い影を落とすことになる。彼女はシャルル五世の逝去[16]について、不幸の扉が開け放たれ、不安定な時期が始まったと述べている。一家に特別待遇が与えられることはなくなり、トンマーゾは宮廷に残ったとはいえ、状況は一変してしまった。絶大な信頼を寄せられていた占星術師は、いまや疑いの目を向けられるようになったのである。彼は長患いの末、一三八七年に亡くなった。運命の車輪のさらなる逆行であるが、しかしこれで終わりというわけではなかった。その三年後に、クリスティーヌは寡婦となってしまうのである。

一三九〇年十月二九日が夫と会った最後の日となった。この日彼は、ボーヴェに向かうシャルル六世に同行し、疫病に罹患したのである。彼女にとって新しく、そして困難で、ある意味では劇的な人生が始まった。クリスティーヌは自分の結婚式のことを回想し[17]、白い絹のマントと、特別な折に身につける結合の美と貴重さを意味する豪奢な帯について語っている[18]。十年の結婚生活のあいだに、三人の子どもに恵まれた。運命、あるいはおそらく父親譲りの賢明さのおかげで、ふたりの関係は幸福なものであったが、そのぶん、エティエンヌを喪った悲しみは、いっそう激しいものとなったのである。

あとに遺されたのは、三人の子どもと自尊心だけである。[19] 弱冠二五歳で寡婦となってしまった彼女は、窮乏生活に陥った。二人の兄弟、パオロとアギノルフォは、何度か仕事でイタリアに赴き、父親の財産の所有権を取り戻すべくボローニャに帰っているが、[20] 彼らのその後の人生、そしてこのことがクリスティーヌと、彼女と同居している母親にもなんらかのかたちで影響したかどうかについては不明である。父親は良き知識人だったけれども、おそらく良き管理者であるとは言えなかったのである。そしてこのことがクリスティーヌにとって問題となった。彼女には夫の給料が届かなかったり、あるいは届くのが不定期だったりしたので、彼女は自分に権利があるものを取り戻そうとして、何年ものあいだ法的手段に訴えねばならなかった。彼女は自らの著作のなかで、たびたびこのような逆境をほのめかし、[21] そして『三つの徳の書』[22] におけるように、寡婦や、苦境を乗り切るためにすべきことについて、間接的に触れている。

夫の死から数年後、彼女は己の悲嘆――今日、われわれはこれを「鬱状態」と呼ぶだろうが――と己の孤独を、有名なバラードで語っている。

わたしはただひとり、ただひとりでいたい、
ただひとり、いとしき友は、わたしを残していった、
ただひとり、件《とも》も主もなく、
ただひとり、悲しみ嘆き、
ただひとり、誰よりも途方に暮れて、
ただひとり、悩み憔悴し、
ただひとり、友もなく残されたまま。
ただひとり、戸口や窓辺で、
ただひとり、隅に身を隠し、
ただひとり、涙にかきくれて、
ただひとり、嘆き、あるいは静まり、
ただひとり、これ以上悲しむべきことはなにもなく、

ただひとり、わが部屋を閉ざし、
ただひとり、友もなく残されたまま……。[23]

葬儀の数年後に書かれた、この心の琴線に触れるバラードの作者について、われわれはいったい何を予想できるであろうか。おそらく修道女になるか、あるいは涙と心痛で憔悴した末の隠遁生活、もしくは支えと伴侶を求めての再婚であるかもしれない。実際はそのいずれでもなかった。クリスティーヌが寡婦となると、新たな運命が始まった。以前から彼女にとって好ましくない意味で回っていた運命の車輪は、その回転の向きを変えたらしい。彼女はバラードやヴィルレー、ロンドーを書きはじめ[24]、これがある程度の成功をおさめたのである。世紀が変わる頃に、彼女は『オテアの書簡』に着手する[25]。これは彼女が自ら創りだした女神オテアからトロイアのヘクトールへの書簡というかたちをとり、若者に役立つ教訓という内容で、いわば若い騎士の育成マニュアルである。一三九九年から一四〇五年までのあいだに、彼女は十五もの作品を執筆している。運命は、偶然、つまり予想外に不可避の出来事が起こるという現在の意味では、多くの人間と同じく、彼女の人生においても疑いなくなんらかの役割を果たしていた。ところがわれわれの知るところでは、クリスティーヌは物事に流されることなく、その反対に勇気と賢明さをもってそれらに取り組んだ。賢明であることは、個人的かつ一般的に困難な局面においては、絶対に必要とされる徳である。

もしクリスティーヌが容易ならざる状況におかれていたとしたら、フランスの複雑な状況がいっそう困難なものになっていたということである。すでに述べたように、「賢明王《ル・サージュ》」シャルル五世は一三八〇年九月十六日に亡くなった。彼と直接面識があったクリスティーヌは、彼の弟であるブルゴーニュのフィリップ豪胆公《ル・アルディ》から伝記執筆の依頼を受け、いつものようにすばやく書き上げて、亡き王の名声を保ち続けることに貢献した。まだ幼いシャルルの長男は、母親もすでに亡く、少年の周囲では、シャルル五世の兄弟たち、すなわちルイ・ドルレアン、ジャン・ド・ベリー、フィリップ豪胆公《ル・アルディ》が活躍する（ここでは三人の姉妹については語らない）。彼らにはそれぞれ自治領があった。シャルル六世が一三八〇年十一月四日にランスで戴冠し、パリに入城するやいなや、暴動が勃発した。王国の財政が巨額の支出のために逼迫しているという状況で、税の即時撤廃を要求されてのことだった。彼の父親はまことに善良な王であったが、シャルル六世が彼の後継者となってからは、ますますそのように感じられた。シャルル六世は歴史上、狂人とみなされているが、それと同時に「親愛王」とも呼ばれている。(26) 彼は一三九二年から精神に異常をきたし、これは周期的に続いた。このことは、王国を監視するブルゴーニュとオルレアンという二つの敵対する派閥に属する有力者たちには好都合であった。

クリスティーヌが特異な存在であるのは、読み書きができるという恩恵に浴した女性がほとんどいないという時代に、学識を具え、そして自分自身と自分の家族の生活のためにその知識を利用したからである。彼女は韻文作品のみならず、宮廷社会のなかで醸成された伝記的・政治的著作も手がけた。自分がおかれた困難な状況を打開すべく、父親が彼女に不可侵かつ清廉な嫁資としてほどこした教育を生業《なりわい》とした。こうして彼女は、自らの職場を書斎に定めたのである。

中世の女性は、たとえ下位におかれ、日陰の身で、目立たず、社会的な地位の向上がなくても、つねに働いた。(27) とりわけ彼女たちは夫が不在か、もしくは亡くなった場合には、育児などの合間に、一家の支えとして働いた。やもめ暮らしが女性にとって店などで自分の存在感を示す契機となる場合もあるし、押し付けられたのではなく自らの選んだ男性との再婚が可能となる場合もある。出家、あるいは心に傷を負って両親の家に出戻ってくることも多かった。クリスティーヌにとっては、これは新しい世界、創作に専念する世界に入る契機となった。そこはひとりの女性が、己の叡智を糧に生き、知的な職業に従事して収入と満足を得ることのできるところであった。夫の死後に訪れた新しい状況のおかげで、彼女自身のアイデンティティーが確立し、さらに彼女の言葉を借りれば、性が転換したのである。

いまやわたしは真の男性となった、それは作り話ではない、
船を操る力をもち、
運命はこの生業《なりわい》をわたしに教えた。(28)

さらに、

わたしはいつもよりも自分がずっと身軽になったように感じた。そして面変わりして潤いがなくなり、声が低くなって身体はより強く細くなった……。わたしは自分が驚くほど強く大胆な魂を有したことに気づき、真の男性になったのだと悟った。(29)

もはや父も夫も亡くした者にとって、自立した人間という意味での「男性」は、ひとりでなにかをやりとげねばならず、またそうすることのできる人間であった。嵐のなかの舵を失った船というのは、彼女とその家族の人生そのものである。その特別な教育から夫の夭折にいたるまでの一連の出来事のおかげで、彼女は女性としてはあり得ない選択を強いられたが、けっして多くの変化を求めたのではなかった。

クリスティーヌ自身が主張しているように、彼女は自分で選択して執筆を始めたわけではなく、そのようになったのは、運命、というよりも不運が、彼女が不本意であるにせよ、当時の知的生活の主人公となることを望んだからである。少なくとも初めのうちはそうであった。彼女が自分になすべきことを告げる声について語り、自分の好きなテーマを扱った文章を執筆するようになったのは、当然の成り行きだった。ジャンヌ・ダルクもまた、イングランド軍との戦に赴くよりも、このままずっと母親とともに糸を紡いでいたほうが良かったと語っていたのに、ある声に導かれて、シャルル七世の救援に立ち上がらねばならなかったのである。女性が公に活動したり、他者の前でことばを発したり、執筆したり、広場に出て行ったりするためには、絶対的な存在が示す一種の台本に従わねばならなかった。十二世紀のヒルデガルドは自ら声を発した預言者であり、神からじかに受けとったことばを、身をもって世に広めている。[30] クリスティーヌはけっして神に訴えることはなかった。己の人生に立ち入ってくる変化を運命に帰し、孤独や義務的な労働よりも幸福な妻の立場を好むと主張し、自らの書く主題の選択を正当化するために、女性という器のなかに徳を求めただけである。

クリスティーヌ以前にも女流作家がいなかったわけではない。例えば詩人のアリエノール・ダキテーヌやマリー・ド・フランス[31]が挙げられるが、彼女らはクリスティーヌとは異なり、自分自身のために、純粋に自分の好みで執筆したのである。アリエノール・ダキテーヌはフランス王ルイ七世妃であり、その後イングランド王ヘンリー二世妃となった。つまり生きるために稼ぐ必要などなかったのである。しかし彼女は持参金として夫にアキテーヌをもたらし、フランスの王座を強く求めた夫にその称号をあたえ、百年戦争の間接的な原因となっているので、多少クリスティーヌと関わっていると言える。

実際のところ百年戦争（一三三七—一四五三年）の原因は、王家の断絶である。フランス王シャルル四世は、嫡男を残すことなく一三二八年に亡くなり、イングランド王エドワード三世が縁戚関係にあることを理由に継承権を要求してきた。しかしフランス国家の舵取りは、シャルル四世のもうひとりの親族であるフィリップ六世にまかされることになり、こうしてヴァロワ朝が開かれた。これに対し、王座のみならず、フランス国内のイングランド固有の領土を維持し、フランドルを獲得することにも興味を示したエドワード三世は、軍隊を引き連れてフランスに上陸した。長きにわたる戦争が幕を開けた。最初の局面においては、王冠をめぐる新たな争いや社会的反乱によって疲弊したフランスに対し、イングランドが優勢に戦を進めた。シャルル五世によってフランスの回復が図られたが、一三八〇年の彼の死後、市民戦争の波は、先述のとおり、互いに敵対関係にあったブルゴーニュ、ベリー、オルレアンの諸公の勢力で占められた王国を、きわめて困難な状況に陥れた[32]。クリスティーヌの運命を左右したのはこれら諸公たちであり、彼女はシャルル六世の不安定な王国で、作家として活動することになる。

Ⅲ　恋愛詩と宮廷趣味

クリスティーヌの出世作となった『百のバラード』は、夫の死の数年後、十四世紀末から十五世紀初頭にかけて書かれた。続いて彼女は異なるジャンルの作品を手がけたが、そこでは彼女にとっての『新生《ヴィータ・ノーヴァ》』の第一段階を特徴づける詩的構成をいっさい捨ててはいない。テーマはプライベートな生活に関するもので、やもめ暮らしや、とりわけ恋愛を扱っている。彼女は騎士道の廃れた時代に誰も自分を救ってくれなかったことを明らかにするため、寡婦についてのバラードを書いた。後の章でさらに詳しく見ていくことになるが、『薔薇物語』後編でジャン・ド・マンが示した見解によって論議のまととなった女性の名誉が擁護されない件に関し、クリスティーヌは強靭な身体のもつ影響力と能力に注目する一方、騎士道精神の喪失と貴族の支援の欠如を嘆いている(1)。

すべてが男性に存する世の中にただひとり取り残され、そして自分に権利があるものを手に入れるには譲歩しなければならないということが何を意味するのかを、クリスティーヌはよく知っていた。哀れな寡婦たちは、フランスのいずこに慰めを見いだせるのか。そこでは救いと安全な場所をもたらしてくれるはずの時が、もはや自分たちに好意を寄せてくれなかったのである。貴族は哀れみをもたず、いかなる君主も彼女たちの声に耳を傾けてはくれないことを女流詩人は嘆いた。(2)

クリスティーヌの恋愛詩は、ギヨーム・ド・マショー、ジャン・フロワサール、ユスターシュ・デシャンが確立した形式にしたがってつくられている。テクストと雅びな心のやりとりを続けることに慣れた当時の他の識者との関わりがないわけではない。例えばユスターシュ・デシャンは、彼女の才能を認め、また彼女のほうも彼を師と仰いだ。(3)彼女は十五年間に二九〇ものバラードをつくったが、その多くは感傷的で繊細なものであり、また道徳的な教化に向いたものも少なくなく、状況が限定されるものもたくさんある。これら三つがないまぜになったものもある。

孤独と必要性に迫られて、彼女は部屋に閉じこもって執筆することを強いられ、次から次へと作品を世に送り出していった。

さらにわかりやすくするために、物事を多少整理してみることにすると、おおよそ一三九〇年から一三九九年までの習作期間ののち、クリスティーヌの文学活動には三つの段階がみてとれる。第一段階ではバラードの執筆が多いが、『オテアの書簡』、そして特に『薔薇物語論争』（一三九九―一四〇二年）も注目すべき作品である。おそらく一四〇二年は、薔薇物語論争で勝ち得た名声のおかげで、彼女の文学的なキャリアにおける転換点となった(4)。

この年から一四〇五年までの第二段階は、執筆活動旺盛な時期で、シャルル五世の伝記の他、『長き研鑽の道の書』や『運命の変転の書』といった韻文作品を立て続けに生み出し、さらに『女の都』、『三つの徳の書、あるいは女の都の宝典』をも書いた。『クリスティーヌの夢の書』にみられる自伝的な一節によれば、彼女が執筆開始した一三九九年から一四〇五年までに、小品を除くと、十五の主要作品があり、それらはすべて、約七十冊の分厚い帳面に書きとめられている(5)。

第三段階（一四〇五―一四一二年）では『政体の書』から『平和の書』にいたるまでの政治論を書いた。単なる指示的な箇所と、二十年がかりで完成した膨大な内容が特徴的であり、そこではジャンルがしばしば交錯している。

彼女の著作は、最初のうちはバラードとロンドーであった。十四世紀末から十五世紀初頭にかけての作品は、『愛神への書簡』、『二人の恋人の論争』、『三つの愛の審判の書』、『ポワシーの物語』である。(6) これらの作品はすべて一連のものとみなすことができるが、それは当時の宮廷趣味のみならず、宮廷で評価されるというクリスティーヌ自身の計画にも応えるものだったからである。そこで彼女は、宮廷人としてではなく、今日でいうフリーランスとして活躍していた。独創性を維持し、宮廷の他の男性作家たちのものとは一線を画す個性を作品にもたせながら、支援と金を得るために、その場の要求と趣味にじゅうぶんにあわせることが必要だと彼女は感じていた。

宮廷では日常的に恋愛について論じられ、男女が解答を試みるような問題がつくられていた。家のなかの暖炉の前、そしてさらに旅の合間にもこの種の質問がなされていたのである。一四〇〇年に書かれた『ポワシーの物語』は、自らの劇的な経験に着想を得たものであり、クリスティーヌと他の人物たちが、パリからポワシーへの旅のあいだに交わした話で構成されている。ポワシーにはフィリップ美王《ル・ベル》の時代にさかのぼる修道院があって、クリスティーヌの娘が暮らしており、クリスティーヌ自身は最晩年に、ここに難を逃れて居を定めることになる。四月のある二日間の出来事であるが、そのあいだに起こった事件よりも、語られた話が主に扱われている。

馬上の旅を続けて修道院に到着するまでのあいだに交わされた議論のテーマは、以下のように要約できる。夫、もしくは愛人が敵の手にかかって落命した婦人、あるいは婦人からの便りが途絶えてしまった騎士は、いっそう不幸なのであろうか。無益な問い、おそらくは単なる気晴らしに過ぎないが、知的な訓練、かつ論理学の問題設定でもある。

娘を訪ねてきた母クリスティーヌは、対話のなかで、偶然にも証人という役割を演じている。鳥が歌い、草地に花咲き乱れる様を描いた普通の絵画が喜ばしいものであるように、彼女にとってもまた愉快な日々である。言葉は軽妙さに満ちているが、話をひとつにまとめたこの作品には、さまざまな語調がみられる。ノスタルジーが各部をつなげる役割を果たしており、登場人物の往復が、存在と、その不可逆性とのリズムのなかに刻み込まれている。(7) いずれにせよ議論に決着はつかない。読者はたどり着くべき結論を知らず、もしたどり着けるとすれば、それは登場人物たちである。

このような議論は比較的ありふれたもので、ある時代によく耳にした問題を、実際のところ、いつの時代にも通用するように、しかるべく詩のことばと形式につくり直している。恋愛のように、皆が関心をもつ普遍的な話題を論じることに専念すれば、旅の時間はいっそう容易に過ぎていく。例えば『デカメロン』の場合、百話ほぼ全部が恋愛について語っており、苦難、裏切り、恋の放棄を扱っている。クリスティーヌは文学の源泉たるボッカッチョをよく知っていた。彼女は他の分野に取り組みたいと考えているときも、「市場」、さらにいえば宮廷からの要望の強い恋愛に関する執筆を続けた。

『ポワシーの物語』のなかで、クリスティーヌは騎士とその恋人たちについて語っているが、その数年後に書かれた『真の恋人たちの公爵の書』においても、馬上槍試合、狩猟、祝祭の場面で愛の労苦が扱われている。情熱的なこの作品においては、たとえその恋物語が事実でなかったとしても、いかにも本当にあったことらしく聞こえるのである。まさしく今日、イギリス王室での不幸な恋人たちの信奉者が大いに熱中していることと同じである。ジャン・ド・ブルボンはマリー・ド・ベリーを愛していたが、そのマリーはクリスティーヌとは自らの悩みを打ち明けるような間柄であった。マリーはフィリップ・ダルトワと結婚したものの、彼は一三九七年に亡くなってしまったので、その数年後、ジャンと再婚することができた。宮廷生活を背景に、祝祭、習慣、恋愛が描かれており、ジャンとマリーの出会いの場面も含まれている。作品はおそらくたいへん好評を博し、とりわけジャンとマリーの気に入るものとなった。後年クリスティーヌはマリーのために、彼女がフィリップ・ダルトワとのあいだにもうけた息子がアザンクールで捕虜になった痛手を慰めるべく筆をとることになる。またマリーの父ジャン・ド・ベリーの死にあたっては、『人生の牢獄からの書簡』という、まったく別のジャンルである悲劇的な作品を手がけている。[8] さらにマリーを慰めるために書かれた『書簡』は、アザンクールで亡くなった者は、フランス軍の劇的な敗戦へと至る恐るべき事件に立ち合わずに済んだのだと述べている。亡者たちは歴史を目のあたりにする代わりに、天国の座が待っている。ひとつの物語のなかには、愛よりも悲しみが染み付いている。

クリスティーヌは恋愛詩の分野では文学的な試みをおこなってはいないが、一四〇〇年頃執筆した『オテアの書簡』では、教育的な内容をもつ新しい局面を切り開いた。のちに詳しく見ていくことになるが、多くのテクストがこの分野に含まれる。例えばシャルル五世の伝記から『政体の書』（一四〇六―一四〇七年）や『平和の書』（一四一二―一四一三年）にいたるまでの、教育的な要素をもつ政治的な作品群である。

長いあいだ寓意的作品と考えられてきた『オテアの書簡』は、実際のところは政治論兼教育論であり、一種の子どもの教育マニュアルというべきものである。完結まで約十五年かかり、シャルル六世の弟ルイ・ドルレアン公のために書かれ、初稿は彼に献じられている。クリスティーヌはオテアという人物を通して、ヘクトール、すなわちルイに語りかけ、政治的節度を実践するように勧めている（図1）。騎士の鑑たるヘクトールは、君主の典型でもあった（のちに王の鑑というべきシャルル五世の伝記を執筆するのに使われることになるお定まりのレトリックである）。さらにヘクトールは系図上でフランス王家と直接結びつけられることが、ルイとの同一視を強めている。このことは、テクストに最初につけられた挿絵のみならず装飾要素にも見てとれる[9]。クリスティーヌはこの作品を徳と良き政治を教えるために書いた。統治を任せるべき人物を教育しつつ、フランスの将来を懸念し、案じているのである。これが大成功をおさめたことは、四七にも及ぶ写本、印刷本、翻訳が今日までに伝わっていることからも察せられる[10]。

このちクリスティーヌは恋愛のテーマに戻り、ジャン・ド・マンの『薔薇物語』をめぐる論争に関わることになる。これはたいへんな評判となり、とどまるところを知らなかった[11]。その騒ぎの渦中にいたのは、王の秘書官ゴンティエ・コルとその弟ピエールである。宮廷好みのテーマが、いま一度扱われることとなった。

Ⅳ 「女性論争」

十四世紀末のヨーロッパでは、教養ある男女が中世末期に起こった社会的・文化的な大変革後の両性の関係を理論化しようと力を尽くし、その努力はフランス革命まで続くことになる。フィレンツェでもパリでも、有能な女性に対する教会内でのネガティヴな先入観と、学界内で醸成したネガティヴな偏見が結びつき、男女の関係をめぐって論議が起こった。作家を巻き込んで作品を生み出せば、文学論争の類に発展した。その根幹には現実的な課題があり、これを主題化しようとする要望は、歴史的文脈から切り離された抽象的な問題ではない。「論争」(querelle)ということばは、ラテン語の「嘆く」(quereor)という動詞と「嘆き」(querela)という名詞に由来し、抗議や要求を暗示している(1)。

「薔薇物語論争」、さらには一般的な「女性論争」にクリスティーヌを巻き込んだ議論は、実際は蔓延した女嫌い《ミソジニー》に対する抗議であり、女性の尊厳を認めさせるという要求でもあった。文学的教養を豊かに具えたクリスティーヌは、女性が生来劣った存在ではないことを示し、そのような教養が女性には閉ざされるべしとする理論を見直すきっかけとなった。とりわけこの点を明らかにすることに関心のあった彼女は、あり得ない平等を目指しているのではなかったが、教養にも美徳にも性差はなく、一方の性にのみ認められ近づけるものではないという考えをもっていた。大多数の女性に浴びせかけられるひどく誤った非難に関しては、たとえクリスティーヌの言う「汚くて黒く、粗野な石」のように重くて厄介な偏見や常套句を排除できなくとも、彼女にとって重要なのは議論することであった。(2)

争点は、きわめて有名な韻文作品である『薔薇物語』第二部に顕著に見られる女嫌い《ミソジニー》である。一二四五年頃にギヨーム・ド・ロリスによって書かれた第一部が、この上なく宮廷的な雅さにあふれた作品であるのに対し、十三世紀末にジャン・ド・マンが書いた第二部は、反フェミニズムに満ち満ちたものである。(3)

『薔薇物語』第一部では、ある詩人の物語が約四〇〇〇行の詩で綴られている。夢のなかで彼は、とある庭園に入り込むが、そこで一輪の薔薇の蕾をみとめ、欲望をかき立てられる。薔薇は認識、愛する女性、愛の象徴である。薔薇を摘みとるために、詩人はさまざまな抵抗や妨害（「拒絶」「嫉妬」「中傷」）を乗り越えねばならないが、「歓待」の助力を得ることができた。中世の性的寓意物語の傑作とみなされるこの作品は、中断したままになっていたが、これを再開した学者ジャン・ド・マンは、論調を根本的に変更し（ジャン・ド・マンはギヨーム・ド・ロリスの薔薇に触れて枯らしたとまで言われる）、欲望の対象たる女性は、軽蔑の対象、そして男性の本能を満足させる道具となったのである。

第一部が典型的な宮廷風恋愛の雅な抒情詩であるのに対し、同世紀末に書かれた「続編」は、冗長かつ観念的な、苦心惨憺たる作品である。これは、頭が弱く、よく嘘をつき、気晴らし、あるいは「戦士の休息」のための道具に向いているとみなされる女性に対する軽蔑に満ちたものであった。事実、クリスティーヌの愛する宮廷社会に対する反抗の萌芽を「続編」のなかに見ることもできる[4]。

ジャン・ド・マンの立場は、クリスティーヌの目には受け入れがたいものと映ったため、彼女は決然として女性の名誉の擁護のために立ち上がった。これは、彼女が保守的な立場を批判する実際のフェミニスト的な思想に近い急進的な立場をとったということではない。

この数年前の一三九九年にはすでに、クリスティーヌは『愛神への書簡』において、ジャン・ド・マンの示した女嫌い《ミソジニー》に対する批判をおこなっている。同作品は、女性観に関する議論の端緒となった韻文作品である。この数年後、「論争」は加速した。記録として見れば、『愛神への書簡』は、中世にひとりの女性によって書かれた風刺的作品の唯一のもの、さもなくば数少ない作品のひとつである。(5) そこには、一四〇四年から一四〇五年のあいだに書かれた『女の都』で再度とりあげられることになる議論がみられる。クリスティーヌは五月一日の祝祭のおり、愛神の口を借りて、奥方や娘、貴婦人、市井の婦人たちの受けた被害、批判、誹謗を嘆いた。聖職者、とりわけジャン・ド・マンは、そのような誹謗の最大の容疑者であった。

『愛神への書簡』はひろく流布し、その完成から三年後には、イギリス人トマス・ホックレーヴによって独特の色合いをもつ英訳が出された。英文テクスト『キューピッドの書簡』は、クリスティーヌの作品を翻訳、というよりも再解釈したもので、彼女の作品がすみやかに受容されたことの数少ない証言のひとつとなっている。史書によれば、ホックリーヴはクリスティーヌに敵意を抱いているわけではないものの、彼女の聖職者への激しい攻撃については明らかに行き過ぎであると考えて、その見解を和らげている。とはいえ男性が女性の著作に啓発されて、たとえその過激さを抑えたとしても、それをほぼ全訳したというのは、きわめて珍しいことである。ホックリーヴの作品には、彼が多少馬鹿にしているかもしれないクリスティーヌの立場に対する挑発的な反論がみられると言う者もいるが、実際のところは、加減した翻訳であり、これは彼女の権威を損なうことがなかっただけではなく、その重要性を浮き彫りにしたのである。

『愛神への書簡』のなかで、クリスティーヌはジャン・ド・マンについて触れ、『薔薇物語』で女性を攻撃し、かつおとしめた彼の見解がいかなる意味をもっていたかを問うている。こうして女性の尊厳を護るというクリスティーヌの熱意は、彼女が亡くなるまで続くことになるだろう。結局のところ、彼女の全作品はさまざまなかたちでひろまり、およそ三十年ものあいだ、彼女はこの方針で執筆を続けた。最後の作品でジャンヌ・ダルクをとりあげたのはけっして偶然ではなく、彼女は「なんたる女性の誉れ！」と声に出して言いたかったのであろう。直接向きあうテーマがないときも、リクエストされ評価の高かった作品の著者として意見を述べ、女性の能力を明確に示した。

『愛神への書簡』でジャン・ド・マンとの論争を開始したクリスティーヌであるが、一四〇二年に執筆した『薔薇の物語』においては、言葉から実践にいたるまで女性の名誉を護ることを目指す「薔薇騎士団」の創設を讃えている。(6)「愛の宮廷」は、当時非常にもてはやされた一種の気晴らしであった。クリスティーヌは王弟ルイ・ドルレアンの宮廷で起こった文学論争を韻文形式で書いている。美しい花の紋章をもつ「薔薇騎士団」は、そのメンバーに、女性の守護と、男女を比較して女性を侮蔑するような態度を控えることを義務づけた。そのような態度は、ジャン・ド・マンや彼の支持者の論が正当化し、広めることに貢献してきたものだったのである。恋人たちの守護者であり、オルレアン公の妻ヴァランティーヌの祝祭日にもなっている聖ヴァレンティヌスのために、クリスティーヌは『薔薇の物語』の城において、騎士団を受け入れる人びとが女性の名誉を護るという義務を果たすことを求めている。(7)単なる娯楽のように思われるかもしれないが、クリスティーヌにとっては重大なことであった。したがって一四〇二年の聖ヴァレンティヌスの祝日〔ヴァレンタイン・デー〕は、女性の自尊心の歴史において重要だったと言える。というのもクリスティーヌは宮廷の人びとにこのテーマに対する関心をもたせ、女性の擁護について、多くの人びとを味方につけたからである。この熱意に、クリスティーヌの教養のもうひとつの重要な側面、すなわち教育的な情熱が加わった。たしかに熱意と知識を兼ね備えた者にとって、女性の尊厳を認めさせるために重要なのは、次世代を育成することであった。

さほど孤立することはなかった彼女は、書を献じた人びとに協力を求めることにした。『薔薇の物語』同様、『愛神への書簡』は、ルイ・ドルレアンに献じられた。『薔薇物語』は十四世紀末に大流行した書であると言われており、たしかに二五〇以上もの写本の存在がそれを証明している。(8) したがってクリスティーヌは、あえて非常に有名なテクストを攻撃したわけである。彼女は女性の悪口を嘆き、愛などは存在しないと主張しつつ自由な性欲を理論化したジャン・ド・マンの願う男女の混交を批判した。こうして論争に火をつけ、三年間におよそ二〇もの論文や書簡等を執筆した。クリスティーヌの示した勇気のおかげで、彼女の攻撃したテクストの価値、そして著者である権威あるパリ大学教授の重要性が注目を集めることとなった。

クリスティーヌの見解は、ジャン・ド・マンの支持者たちを刺激した。リールの聖堂参事会長で王の秘書官を務めていたジャン・ド・モントルイユはパリ大学を味方につけたが、クリスティーヌはこの重要人物の著作に、その「わずかな」分別と女性の「乏しい」知性をもって立ち向かわねばならなかったと皮肉をこめて語っている。彼女の主張するところによれば、あらゆる一般論は不適切なものであり（のちに彼女は『女の都』において、男性も女性も善と悪の混合体であると述べることになる）、貪欲で嘘つきな女性とそれを笑い者にする男性は同類である。王の秘書官兼公証人で、ジャン・ド・マンの擁護者であるピエール・コルは、クリスティーヌの振る舞いを馬鹿げたものだと公言した。彼女の器量は、「同じことばで書かれたあらゆる書物を凌駕する『薔薇物語』のように高貴な書物の」著者のそれとは全くのところ比較にならなかったのである。クリスティーヌの批判については、彼は次のように書きしるしている。

ああ、馬鹿げた傲慢さよ。ひとりの女の口から、知性のかけらもなく性急に吐き出されたことばよ。この女は、ずば抜けた知力と広範な教養をそなえ、多大なる労力と純粋な決意をもってかくも高貴なる書を世に送り出した男性を糾弾しているのである(9)。

率先した行動は、学界に混乱を巻き起こした。その代弁者たるジャン・ジェルソンは、一四〇一年の夏にこの問題を仲裁し、ジャン・ド・マンの見解に異議を唱えて、結果的にクリスティーヌの側に立つことになった。

文学的という以上に文化的なこの特異なケースにおいて、ひとりの女性が大学という機関に立ち向かったということは、決して十分には語られることはないであろう。教養と能力にみちた女性は、その神業で、ある程度まで王妃を「論争」に巻き込むにいたった。クリスティーヌは、論戦に関わる文集『薔薇物語に関する書簡』(10)をイザボー・ド・バヴィエールに献じた。このバイエルン公女にしてフランス王妃は、女性として、自分の同性がそのようなことばで貶められるのを無視できなかったし、またしてはならなかったのである。論戦は拡大したが、クリスティーヌの敵対者のあいだでは、尊大な調子がより譲歩を示すものへと変わっていった。そして一四〇三年の初めに、この論争は勝敗を決することなく終結した。しかしある意味では、議論を引き起こし、学識ある女性の能力を見せつけたクリスティーヌの勝利であると言える。

『薔薇の物語』は、有名な『薔薇物語』同様、今日では読みにくく、多少の心構えをもって臨まねばならない作品であるが、その当時は数こそ限られていたとしても熱狂的な読者が存在した。クリスティーヌにとって、女性嫌悪論者の根本的な誤りは、合理性、道徳的意味、知性において、男性よりも女性が劣っていると考えることにある。その論の核心は、両性が同等の道徳的・知的機能を具えていることを示すことである。この意味では、彼女は両性の相違ではなく同一性に比重を置いている。女性嫌悪論の支持者たちは、男女の相違について、女性は表面的な解釈しかできず、寓意を読みとることはできないとしてきた。この理論に対し、クリスティーヌは、女性嫌悪論者たちが女性にその肉体的存在以外のものを見ることができなかったということを示そうとした(11)。当然のことながら、彼女の主張する両性の道徳的平等は要求されるにとどまり、今日でも争われている社会的、法的、政治的平等をもたらしはしなかった。

ジャン・ド・マンの示した女性への明らかな軽蔑の態度に関して、クリスティーヌは著名人の支持を受けて次のように断言した。つまり女性は徳を具えており、実際には優れた婦人もいるのに、すべてを一元化して、否定的な評価を押しつける者だけが、女性の邪悪な性質についての論を書き立てることができるというのである。ジャン・ド・マンのいう性の混交の勧めは、つまるところクリスティーヌが不当とみなした女嫌いの考え方と緊密に結びついている。それまで反論らしい反論もなく、完全に同意を得ていた見解に対して、クリスティーヌは大胆にも反発したのである。

学界において議論の余地のない学識の宝庫と考えられていた権威ある知識人の支持する論に対し、公に明確な態度をとるには、まことに勇気が必要であった。一女性たるクリスティーヌがこの論をとりあげ、語ることができたのは、彼女もまた著名であり、宮廷社会である程度の支持を得ていたからである。決定的だったのは、王妃を巻き込み、論争を公にしたことであった。パリ中が、初の偉大な女性として成功したクリスティーヌのことを噂した。

今日では信じられないことだが、十五世紀初頭にひとりの女性がその尊厳を護り、火刑台に消えることなく、それどころか傾聴に値する重要な知識人として認められたのである。狂王シャルル六世に代表されるように、まことに狂気の時代であったが、あるいはもしかすると、われわれが過去を、このような出来事など思いもよらない時代であると考えることそのものが、狂気の沙汰なのかもしれない。

V　先駆者クリスティーヌ

今日では、われわれ、特にフェミニストたちにとって、クリスティーヌは「先駆者《プルミエール》」である。(1)事実、彼女の生涯は、初めてのことだらけなのである。執筆を生業とし、史伝や教育的著作、騎士道ものから政治的なものにいたるまでの多様な分野のほとんどすべてに初めて取り組んだ女性である。

彼女は単独で作品を構想、執筆しており、今日までに五五の自筆稿が確認されている。(2)

作家クリスティーヌの存在は、ひとつの分野にようやく重大な変化が訪れたという時代に位置づけられる。書物を出すという仕事は、テクストを正確に伝達することがいかに大事であるかが認識される社会で、新たに権威と重要性を増していた。びっしりと注のつけられた大学の写本から、テクストにたくさんの空白のある軽い読み物までが生み出されたが、このような新しい動きのなかで、クリスティーヌの同時代人フランチェスコ・ペトラルカは重要な位置を占めていた。彼は自分で小さくて優美な写本を制作した。ペトラルカもフィリップ・ド・メジエールも、クリスティーヌの父親が関わっていた文化人サークルの一員であり、彼女はそのような知的環境で育ったのである。

クリスティーヌも、おそらくは王の書記官兼秘書官の夫から書籍の書体や装丁の知識を得ていたおかげで写本を制作した。(3) 父親から教わったことや、夫から受けた知識を活用してさまざまなジャンルの作品を生み出し、文字にしたのである。彼女は若い頃は写字生の如く修行を積んだであろうが、やがて助手や挿絵画家を多く抱える写字室を構え、その経営に明け暮れたことと思われる。結局、彼女が立ち上げた小企業は、各人の思想を、支援が望める上流社会に適した形式と内容に変えるのに役立った。このことはクリスティーヌに、教養ある女性の労働史においてのみならず、テクストの生産と流通においても、特別な地位をもたらした。

彼女はひとりの写字生である以上に、写本工房専門の出版者であった。この工房では、一四〇〇年以降人気を博したボッカッチョの写本のなかから、とくに流行していたものを筆写していた。(4) 資料として使う作品に接し、さらにテクスト中に挿絵を入れることに同意する――この点において、師もなくたったひとりの彼女は、自分自身の出版者だったのである。(5) ひとりになる前に父と夫という二人の良き師を得たのは、不幸中の幸いであった。彼女はさまざまな問題について構想し論を書くために知識を得るのに加え、写字生や挿絵画家の用語に精通し、写本制作の道具を自信をもって扱うことができた。

クリスティーヌが作業するに際しては、助手が数名、補佐にあたっている。そしてフィリップ豪胆公《ル・アルディ》が彼女にシャルル五世伝の執筆を依頼したとき、彼女は必要な資料をそろえるためにルーヴルに赴いた。このことについては、彼女自身が語っている。

彼のすばらしい意図を実現させたいと思う気持ちに突き動かされ、わが微々たる才知のかぎりを尽くし、わたしの助手たちとともに、彼が当時住んでいたパリのルーヴル宮に赴いた。(6)

彼女は資料にあたるために出かける以外は、自宅で仕事をしていた。参考となる手本はけっして多くはなく、クリスティーヌは独自のやり方を編み出さねばならなかった。彼女が最初に試みたのは、全文を散文で執筆することだった。ひとつの書式をつくり、それから次の作品でそれを再度繰り返す。彼女は全体を三部に分けることにしていた。シャルル五世伝の第一部は王の徳、第二部はその家族、第三部は領民の支配を扱っている。この最後の第三部は、結局のところ、より良い政治形態に関する論である。王の一日を述べた箇所はある種のリアリティにあふれており、これは一般庶民の関心をもひきつける。(7)

どうしてフィリップ豪胆公《ル・アルディ》が、明らかにプロパガンダ的価値をもつことになる兄の伝記をクリスティーヌに依頼したのかはわからない。いずれにせよ、その一四〇四年には、クリスティーヌの名は宮廷のなかではよく知られており、「女性論争」への参加、というよりもプロモーションが彼女にもたらした名声のおかげで、文化人サークルのあいだではいっそう有名になっていた。クリスティーヌが王を個人的に知っていたことは、彼女がイタリア生まれであることも含め——イタリアはボッカッチョやペトラルカの母国である——、フィリップにとって好都合であった。そして女性であることは障害となるどころか、もしかしたら刺激となっていたかもしれない。彼女の作品は、多くの人びとの興味をひきつけることとなるだろう。オルレアンからクリスティーヌの協力を奪い取ろうという考えにも傾いていたブルゴーニュのフィリップは、おそらくそのように考えた。思えば彼女の知的活動は、彼の甥のルイの宮廷で始まったのである。クリスティーヌを迎えるにあたって、彼はオルレアン公よりも彼女に多くの支払いを準備していたと言われている(8)。

フィリップ豪胆公《ル・アルディ》は、王についての記録となり、また後の世代のために教育的な価値も具えた、末永く残るような作品を書いて欲しいと彼女に依頼した。公は、自分の息子、すなわちシャルル五世の甥の育成を念頭においていたのかもしれない。クリスティーヌは申し出を受け入れ、伝記の第一部を四か月で書き上げた。しかし一四〇四年、フィリップは帰らぬ人となる。その後一年足らずで伝記は完結し、フィリップの息子、ジャン無怖公《サン・プール》に献じられた。彼は大胆にして勇猛果敢であった。時代は勇気と決断という、ひとがなかなか持ちあわせず、またそれゆえに求めてやまない才能を欲していたのである。

クリスティーヌが速筆であることは知られているものの、彼女が作家という職業にまだ専念しておらず、従来は手がけたことのなかったジャンルの作品に取り組んでいたことを考慮すると、初期の代表作のひとつであるシャルル五世の伝記を、これほど短期間で書きあげたという事実には驚かされる。『平和の書』とは異なり、参照できるような先例が何もなかったのである。ちなみに『平和の書』には、シャルル五世伝からの借用がみられる。例えばトラヤヌス帝伝などいくつかの箇所は、シャルル五世伝、『長き研鑽の道の書』、『平和の書』にとりあげられている。[9] これは現代でもよく知られている素材の使い回しであり、作文にかける時間を節約する方法である。

クリスティーヌが初の女流歴史家の一人であり、正式に組合に所属する先駆者であったことは、今日まであまり強調されてはこなかった。歴史学方法論史にはスタール夫人（一七七六―一八一七年）の名しかあらわれないものの、[10] クリスティーヌは十八世紀以前に、史書を執筆した最初の在俗の女性であった。シャルル五世伝は十八世紀まで刊本となることはなかったが、書誌に依拠した真の歴史書であることは疑いない。今日では、クリスティーヌの引用したデータや彼女の述べた出来事が正確なものであったことが確かめられている。さらにいくつかのエピソードについて直接の証言[11]が加えられているほか、別のエピソードを再現するため、彼女は入手可能な資料にあたっている。そのような資料のひとつが『フランス大年代記』であり、そこではシャルル四世のフランス国内での旅について言及されている。[12] 彼女は宮殿の所蔵する膨大な量の書物にあたったが、この宮殿がのちのルーヴルの図書室である。十三世紀に聖王ルイが集めたシテ宮殿のサント・シャペルにあった書物のコレクションを、一三六七年にシャルル五世がここに移したのである。クリスティーヌ自身、この図書室について触れ、その創設者に讃辞をおくっている。

シャルル王の賢明さ、そして彼の学問や知識に対する大いなる愛情について、いったい何が言えるだろうか。重要な書物の素晴らしいコレクションが、彼がそのような人物であったことを教えてくれる。そして素晴らしい図書室には、最高の作家によって書かれた宗教や神学、哲学などのあらゆる学問の最も重要な書物が、美しく豪華な装飾をほどこされておさめられていた。(13)

ルーヴルは十三世紀以来、フランスの首都の心臓として機能していた。もとはと言えば十二世紀にフィリップ二世尊厳《オーギュスト》王が要塞として建てたもので、一六七八年にルイ十四世が宮廷をヴェルサイユに移すことを決め、公共の美術館へとその姿を変えるまで、図書室付きの王の居城として使われていた。ちなみにルーヴル（Louvre）という名称は、おそらくlouvetrie（狼狩り）、もしくはlower（「武装した土地」を意味するザクセン方言）に由来する。(14)その一室にこもり、西洋初の在俗にしてプロの女性歴史家であるクリスティーヌは、史料にあたりつつシャルル五世の事績を書き留めていた。この鋭い切り口の伝記は、王太子、すなわちシャルル六世の息子の教育に役立つものであるのみならず、フィリップ豪胆公《ル・アルディ》もクリスティーヌもフランスが戴くべきとみなす理想の君主の性格を描き出すものでなければならなかった。そのプロフィールは、亡き王へのオマージュであり、そして政治計画であるべきである(15)。

この作品は、政治的なテーマを扱ったシリーズの最初のものであるが、十五世紀の写本が四つしかないことからもわかるとおり、あまり成功をおさめたとは言いがたい。それでもクリスティーヌにとっては意義のある作品であり、与えられた課題を文章にすることができる信頼に足る知識人として、彼女を宮廷社会に知らしめたのである。これは実際のところ、彼女の執筆活動においても人生においても、ひとつの転換点となった。

クリスティーヌは、独自の思想を文章にあらわした最初の女流作家として文学市場に登場したが、彼女に大衆の好みや要望への配慮が欠けていたわけではない。おそらく市場を詳細に検討した結果、今日では彼女の最もよく知られている論考に『女の都』(*La Cité des dames*)というタイトルをつけたが、それは当時、シャルル五世が一三七〇年代前半にラウール・ド・プレールに依頼した聖アウグスティヌスの『神の都』仏訳(*La Cité de Dieu*)が多くの人びとに読まれていたからである。たとえ一部変更が加えられているとしても、良いタイトルがつけられたと言える。おそらくクリスティーヌ・ド・ピザンは、自分の作品に千年も前の作品と似た『女の都』というタイトルを与え、男性の視点から見た万物の歴史の代わりに、女性の思索がもたらしたもうひとつの万物の歴史を論じたのである。[16] そのタイトル選択の背後には、たしかに商業的な戦略では片付けられないものがあり、文明と自由の空間、可能なかぎり進歩し、著しい変化をみせる場、尊重されると同時に畏れられる開かれた環境としての都市に対する敬意が感じとれる。

つねに大衆に目を配りつつ、彼女は『三つの徳の書』に含まれる教訓の大半を書き上げた。これは『女の都の宝典』[17]というタイトルでも知られる女子教育のマニュアルで、『女の都』の執筆直後に宮廷の婦人たちのために書かれた。実際のところ六〇以上のパラグラフがこの宮廷婦人に関するもので、およそ四〇が城内で暮らす貴婦人、およそ十が大商人の妻である。そのいっぽうで庶民の女性のための教訓は少ない。もし彼女がトップ・レディーについてこれほど多くの紙幅を割こうとしたのであれば、それは庶民よりも上流階級に自分の作品の読者や支持者が存在するに違いないということを知っていたからでもある。いわば市場や法への反響を期待するひとりの才女の、小さなデモンストレーションである。そのタイトルのおかげで、この作品は大衆に非常に愛された。例えばブルネット・ラティーニの『小宝典』のように、古代および中世文学には、宝典や小宝典と呼ばれる作品があふれている。[18] クリスティーヌは現代の編集者さながら、作品の未来がそのタイトルによって決まるということをよく知っていたのである。

したがって彼女は初の編集者、そしてプロの作家であるのみならず、初の出版市場アナリストであった。そして紋章論を書いた初の女性でもある。(19) 実際は本物の紋章論ではなく、一四〇九年の終わりにジャン無怖公《サン・プール》が当時十二歳のルイ・ド・ギュイエンヌの教育のために執筆を依頼した『軍務と騎士道の書』中の一種の小論である。他のテーマと同じく、紋章学を扱うにあたってクリスティーヌが参照したのは先行文献であり、とりわけ一三九〇年に書かれたオノレ・ボネの『戦いの樹』であった。しかし彼女は先行文献とは異なり、自らの作品をより整ったものとすることができた。

往々にしてクリスティーヌは伝統にしっかりと根ざしているが、またそれに付言しており、伝統から離れて自らのオリジナリティを示す能力があったことがわかる。例えば一四二〇年、息子のジャン・ド・カステルの死にさいして執筆したとされる、クリスティーヌ最晩年の作『わが主の受難に関する瞑想の祈り』を見ることにしよう。この作品の刊本はまったく存在しないが、受難に関する信仰論の類であると同時に、聖母マリアについて独自の解釈がみられる。先行する類似作品のなかでは神秘的なもの、かつ観想を強調しているものが大勢を占めていたが、神秘主義者ではないクリスティーヌは、受難の場面にマリアを登場させ、慰めを分け与える者としての活動的な役割を彼女に与えている。[20]『宝典』からも察せられるように、クリスティーヌによれば、活動的生活は、聖王ルイやハンガリーの聖女エリザベートの例にも明らかなとおり、聖徳の妨げとはならない。[21]それどころか彼女は活動的生活を自ら選択、さらに言えば賞賛していた。公私ともに不幸に見舞われたにもかかわらず、クリスティーヌが修道院に入ったのは比較的遅い。民衆の無分別な怒りがパリを荒廃させたために、彼女は隠遁したのである。一四一八年、クリスティーヌ五〇代半ばのことである。

速筆も彼女の卓抜した才能のひとつに数えられる。そのことは彼女がしばしば複数の作品を同時に執筆していたことからも察せられる。彼女は一四〇四年十一月から翌年七月のあいだに『女の都』と『女の都の宝典』を書き上げたが、その一四〇四年から一四〇五年にかけては『真の恋人たちの公爵の書』と『フランス王妃イザボー・ド・バヴィエールへの書簡』、『クリスティーヌの夢の書』を手がけ、『人間の誠実さに関する書』の執筆を開始した。まさしく記録的な早書きである。これがクリスティーヌにとって間違いなく最も実り多い時期であったが、一貫して彼女は仕事の激しいリズムを維持することができた。一四〇六年から一四〇七年のあいだ、そして一四一〇年に論考を二つずつまとめ、一四一二年から一四一三年にかけては『平和の書』、一四一四年から一四一八年には『人生の牢獄からの書簡』、その数年後には『わが主の受難に関する瞑想の祈り』を執筆した。さらに一四二九年には『ジャンヌ・ダルク讃歌』を書き、これが遺作となった。

彼女以前にそのようなテーマで作品を書いた人物についての記録はないが、彼女が生きていた時代がいかに厳しいものであったかについてはよく語られている。すでに述べたように、フランスにとっては、対イングランド戦争と内部分裂という、まさしく内憂外患の時代だった。とりわけクリスティーヌの時代には、市民戦争がパリを血に染めた。当時彼女はセレスティーヌ通り（現在のシャルル五世通り）にある、まさしくシャルル五世自身がトンマーゾ・ダ・ピッツァーノに与えた家に住んでいたのである。(22)

成人したシャルル六世は、叔父たちの支配を一掃しようとしたが、結局は彼らから逃れることはできず、その策略に苦しみ続けなければならなかった。それのみならず、自分よりも有能な弟――クリスティーヌが最も多くの作品を献じたルイ・ドルレアン――の影響までも受けることになる。一三九二年以来、生涯にわたって彼を苦しめた病は、段階的にではあるが、彼を弱らせていった。このことはルイ・ドルレアンや叔父であるブルゴーニュのフィリップ豪胆公《ル・アルディ》、そして彼らの死後はフィリップの息子ジャン無怖公《サン・プール》にとって、意のままに権力を行使するのに好都合であった。オルレアンとブルゴーニュ家双方の支持者間の対立には、一三三七年以来フランスと戦争状態にあったイングランドも巻き込まれることになる。多かれ少なかれドラマティックなこの展開に加え、一三七八年から一四一七年にかけては教会大分裂《シスマ》が起こる。これは教会を二分し、イングランド人はウルバヌス六世を、フランス人はクレメンス七世を支持した。クレメンス七世はフランス人で、長期にわたる教皇の絶対君主制と枢機卿の寡頭政治とのあいだでいまだに解決を見ない不和のさなか、「アルプスの向こうの」枢機卿たちがイタリア人教皇ウルバヌス六世に対抗して擁立した教皇である。教会大分裂《シスマ》は全キリスト教徒を動かし、重大な政治的結果と双方の教皇に対する支持をめぐる勢力争いをもたらした。一四一七年に別の教皇をたてることで、この問題は決着した。

フランス王国の権力闘争は、一四〇七年にルイ・ドルレアンが従兄のジャン無怖公《サン・プール》の命によって暗殺されるという事態を招くことになる。(23) 寡婦ヴァランティーヌ・ヴィスコンティは、ジャン無怖公《サン・プール》の反対派、いわゆる「アルマニャック派」の筆頭アルマニャック伯ベルナールに、幼いシャルル・ドルレアンの庇護を求めた。

フランスの悲劇が頂点に達したのは、一四一五年にイングランド軍とのあいだに起こったアザンクールの戦いである。アルマニャック派とブルゴーニュ派の対立が続き、ブルゴーニュ派は一四二〇年にイングランドと同盟を結んだ。イングランド人はシャルル六世にトロワ条約を押しつけたが、これはシャルルが精神錯乱状態にあることを理由にヘンリー五世がフランスの摂政をつとめ、かつフランスの王位継承者となるというものであった。こうしてシャルル六世の五男で、かつ唯一の存命の王子である王太子シャルルは、継承権を剥奪された。しかし一四二二年、ヘンリー五世とシャルル六世は相次いで他界し、ヘンリーの幼い息子、ヘンリー六世が、フランスとイングランドの未来の王となることが決定する。いっぽうのシャルル六世の息子はアルマニャック派の支持を受けていたものの、王位は望むべくもないように思われた。しかしそこにジャンヌ・ダルクがあらわれ、一四二九年のオルレアンの戦いにおいて彼を鼓舞し、勝利をおさめた。シャルルはシャルル七世として戴冠したが、ジャンヌはブルゴーニュ派の手に落ちて火刑台に消えた。おそらくクリスティーヌが感謝の気持ちをこめて彼女に捧げた作品の存在を知ることもなかったであろう。

このような時代においては、生きのびることだけが多大な成果であり、宮廷生活が貴族階級の激しい内部分裂をもたらす謀略から身を護ってくれるわけではない。クリスティーヌは権力者の力に頼りつつも、彼らの争いからは身をかわさねばならなかった。当時の知識人には、自立して執筆活動ができる者はいなかったし、ジョフリー・チョーサーやユスターシュ・デシャンのような人気作家もまた然りであった。教会関係に縁のない少数の知識人たちは、宮廷や政府機関でパトロンか職を見つけなければならなかった(24)。クリスティーヌは生活のため、注文主や献呈相手が仕事を与えてくれることを必要としていた。例えば一四〇六年二月二〇日に、物語本の執筆費として、彼女はブルゴーニュ公から一度に百エキュという、かなりの報酬を受けたが(25)、これらの本は公への敬意を表しており、姪を嫁がせるためのものであった。その本とは、シャルル五世伝と『女の都』であったに違いない。また別の例としては、彼女は『宝典』の写本をつくり、のちに王太子ルイ・ド・ギュイエンヌの妃となるジャン無怖公《サン・プール》の娘マルグリットに献じた報酬として、五〇フランを得ている(26)。これが少ないのか、それとも多いのかということは一概には言えないが、彼女は親の資産について語ったさいに、評価に値する収入とは月に百フランであると見積もっている(27)。こうして作品と宮廷のおかげで、彼女自身とその家族は生活を維持することができた。オルレアンとブルゴーニュ派のあいだのぎくしゃくした関係に不自由をおぼえつつも、彼女はなんとか生き抜いてきたのである。

VI 青衣の婦人《レディ・イン・ブルー》

　クリスティーヌは、自分の作品を売り込む能力に恵まれた、たぐいまれなプロの女流作家であることを、果たして自覚していただろうか。たとえもし「自覚していた」という答えが大胆すぎるとしても、そのように思わせる兆候は多い。例えば彼女は、自分の作品を飾る多くの挿絵《ミニアチュール》のなかに、仕事に没頭する様子、すなわち執筆中の自分を好んで描かせている。たしかに十五世紀初頭の写本は、例外なく彩飾がほどこされている。というよりもむしろ、ありふれてはいるが的確な英語の言い回しを訳せば、「輝いている《イッルミナート》」。作者の姿が描かれることも、これまた例外ではない。問題の著者が女性であり、写字と挿絵の双方を手がける写字室の主でもあったというのが、きわめて珍しいことであったとしてもである。結局のところわれわれが直面しているのは、俗人、さらには女性の職業作家が自己表現をおこなった、最初のモデルケースのひとつである[1]。

クリスティーヌはさまざまな状況下におかれた姿で描かれている。もっとも多い表現のひとつは、筆記具を扱っている彼女を描いたもので、つねに同じ服を着ており、周囲の様子にほとんど違いはない（図2）。

彼女の着こなしを分析するのは重要なことである。というのは、よく知られているように、今日の優れた鑑定士や勤勉な薬剤師よりも、衣服は過去の人物を即座に識別するのに重要な手段だからである。(2) 十五世紀にはそのような「衣服学」がすでにひろく浸透していたが、それはあらゆる社会的集団のために、衣服の特殊な形態を規定し、法律によってそれを課すものであった。(3) 贅沢が期待されるというよりもむしろ、贅沢が必要である宮廷においても、赤はあらゆる人びとに許されているわけではなく、金は王や君主のための色であった。十四世紀から十五世紀にかけて、市民社会のあいだで効力を発揮した規定は、いっそう複雑である。そこでは引き裾の長さや毛皮の縁の幅までが社会的地位に比例しており、衣服の数や色、織物、スタイルは、身につける人物の属する階級を示していなければならなかった。その点に関して、フランスで最も活発に法的規制がおこなわれたのは十四世紀前半であり、そしてそれはきわめて豪華で多様な服装を特徴とする同世紀後半にも続いた。(4) 実際のところジャン二世善良王《ル・ボン》（一三五〇―一三六四年）とシャルル五世賢明王《ル・サージュ》（一三六四―一三八〇年）の治世下においては、上流社会で奇抜なモードが流行した。そしてシャルル六世（一三八〇―一四二二年）の時代、すなわちクリスティーヌの時代には、新しい流行を絶えず追い求めるという、モードに対する過剰なまでの関心がみられる。(5)この現象が十五世紀をとおして続いたことは、異常なほど幅広の衣服、翼状の袖、長い引き裾、太くて高価な帯、金糸の刺繍等の描かれた図像資料からも明らかである。

宮廷ではもちろん最高に趣向を凝らした贅沢品を目にすることができたが、そこではウップランドと呼ばれる、ゆとりがあって洗練された仕立ての外衣が流行していた。この服装を知っていた、というよりも精通していたクリスティーヌは、自分の作品、特に『三つの徳の書、あるいは女の都の宝典』のなかで、これをとりあげている。自分自身を表現するにあたり、本人が最も関心を払う点は、描かれるさい――クリスティーヌの存命中は写本挿絵――の衣服であるというのは当然のことである。(6)当時、彼女の監督のもとに、コバルト・ブルー（黒や灰色っぽい色、褪せた薔薇色のようなヴァリアントもある）の外衣という、知的職業婦人の「制服《デイヴイーザ》」が誕生し、彼女はこれを身につけた姿で写本挿絵に登場している（図3）。フランスでこの種の衣服は「コタルディ」と呼ばれ、イタリアではコッタ（中世の男女の基本服。フランス語ではコット）やガムッラ

〔十五世紀の女性の基本服〕といわれるものの上に着る外衣であった。コッタの上にこれを着用するのは、コッタよりも優雅な織物でできていて、袖を目立たせるのに適しているからである。コタルディはイタリアにおけるグアルナッカと似ているが、このグアルナッカも上等の織物でつくられており、別の織物や革で装飾や裏地がつけられたりすることも多かった。クリスティーヌを描いた写本挿絵からもわかるとおり、この服は身体への密着性と広い襟ぐりを特徴とする。服の色として青が選ばれているのは重要なことである。中世においては、青は実際のところ十二世紀以来の比較的新しい色であった。当初はあまり用いられなかったが、やがて聖母マリアの色となり、王族のあいだで流行しはじめ、つねに他の色よりも愛される色となった。数十年で青の経済的価値はうなぎ上りとなり、衣服にこぞって用いられ、芸術作品、とりわけ写本挿絵には欠かせぬ色となった（7）。

　そのようなわけでクリスティーヌは黒を着ることはせず、読者には彼女の寡婦という立場をしばしば思い出させるものの、家に閉じ込められた未亡人とはまったく異なる、さまざまな衣服を身につけた姿で描かれることを望んだのである。

　この「青衣の婦人《レディ・イン・ブルー》」の一番のお気に入りは、シンプルであること、そしてエレガントであることだった（図4）。ほどよい大きさの円形の襟ぐりは、薄地の織物で覆われることがあったが、それは「ア・セッラ」（鞍状の）という頭巾――その特徴的な構造からそのように呼ばれる――の生地と似たものであった。

コタルディの上、もしくはその代わりには、先に触れた豪華なウップランドを身につけることができた。イタリアではウップランドはペッランダ、チョッパ、あるいはサッコとも呼ばれ、当時のボローニャでもそのように定義されている。幅広の外衣で、豊富な装飾がなされていたり、高価な金糸の織物でできていたり、毛皮の裏打ちがあることも少なくない。ところが図像のなかのクリスティーヌは、そのようなものはまったく身につけておらず、控えめな大きさのシンプルな外衣を着ており、これは閉ざされた空間で仕事をする女性にふさわしい。暖をとりにくいという当時の状況を考えれば、机で書き物をするのに毛皮の裏打ち付きの外衣が不向きだというわけではないが、幅広の凝った衣服は邪魔になったことであろう。いずれにせよ、彼女がそのようなものを身につけたのは、実用性を考慮したからというだけではない。

クリスティーヌは自らの着こなしによっても、自分のアイデンティティーを強めようとしていた。その衣服は細心の注意が払われていて、彼女の本質をあらわしており、繰り返し着られているために認識されやすくシンプルなもので、彼女の作品から読みとれる、節度と徳へと人をいざなう内容に合致するものでなければならなかった。衣服は彼女のメッセージを支持するが、衣服がメッセージにまさるようなことはあってはならず、彼女を描いた写本挿絵が自己主張の機能を果たしているように、メッセージに反しないものであるべきである。

当時はコタルディの下に、ぴったりした袖のついた一種のシュミーズ〔シャツ〕のような薄地の服がつけられていた。肘から下はコタルディの袖が開いて翼が垂れるような効果を出しており、そこからは明るい色の薄地の絹、もしくは他の上質な織物でできた裏地がのぞいている。クリスティーヌの場合、コタルディの下につける服はコタルディと同色、もしくは暗赤色か黒である。コタルディは身体に密着しており、裾を引きずるほど長い。一見したところこれは「カウダ」――コーダ（尾）とは、当時は裾を意味することばであった――であり、少なくとも半ブラッチョ（イタリアの一ブラッチョは約六〇センチメートルに相当するが、パリでは一メートル以上にあたる）もの長さとなった。同時代のイタリア諸都市で施行されていた奢侈禁止令によれば、このような長い引き裾は、騎士の妻や娘、あるいはクリスティーヌのように医学や法律の学士の家族に許されていた。しかし都会でこれが特権のしるしであったとしても、宮廷ではクリスティーヌの場合のように、引き裾は謙虚さをあらわすものでなければならなかった。

　クリスティーヌの時代の女性の髪型は、フランス社会での流行に倣い、鞍や角のかたちをしていることが多かった。いっぽうイタリアではこれはあまり流行らず、よりシンプルで丸い、ターバンのようなかたちをしたバルツォが典型的なかぶりものである。これに対しヨーロッパ北・中部では、女性の頭上にそびえ立つ、非常に凝ったかぶりものが使用されていた。すなわちエナンであるが、高い円錐形の帽子に真珠が縫い込まれたり、ヴェールがあしらわれたりするなど、さまざまなヴァリエーションがある。クリスティーヌの死後に描かれた肖像画のなかには、このエナンをかぶっているものもあるが、これは集団のなかの宮廷婦人、もしくは才媛を特徴づけている。鞍や角状のかぶりものは、クリスティーヌからイザボー・ド・バヴィエールに写本を献じる場面をあらわした挿絵のなかの女性たちにみられるが(8)、彼女たちは金髪をその鞍型の凝った造りのかぶりものにおさめている。

　クリスティーヌの髪の色は不明であるが、それは頭がつねにすっぽりと覆われていて、かぶりものから髪の毛がまったくのぞいていないからである。とはいえ彼女の作品からは、彼女が「巻き毛で金髪」(crespé et sor) だったことがうかがえる(9)。当時の図像に頭を覆わない女性はほとんど描かれていないが、かぶりものや、あるいは髪の一部をあらわにする髪型は少なからずある[10]。クリスティーヌは、女性に頭を覆うように求める規則を正確にとらえている。王妃に写本を献呈する場面において、王妃と、六人の貴婦人のうちの四人は、鞍型のかぶりものをつけているが、これは真珠や高価な宝石、金色の小さなボタンで飾られている。残る二人は、他の女性たちよりも簡素な衣服をまとい、クリスティーヌが日ごろ用いているのと似た角状の頭巾（escoffion à cornes）をつけている（図5）。当時のフランスでは、頭頂部にのせるネット状のかぶりものが流行していたが、これは頭の両側で髪の毛を環状にまとめて分け、ふたつのふくらんだ角をつくる[11]。このように鞍、もしくは角状になったものの上に、無地あるいは刺繡をあしらったヴェールをのせ、両側、そして後ろもうなじを覆うまで垂らす。ネットや魚かクジラの骨で髪の毛を支え、その骨組みにピンでヴェールを留める。全体がそそり立ち、宙に突き出した感じになる。顔が強調され、純白のヴェールで縁どられる。聖母の頭に極薄だが存在感のある繊細なヴェールをかけ、優美さ、憐み、純潔、愛らしさを演出した当時の画家たちは、このことをよく弁えていた。

まさしくこの時代の人物であったクリスティーヌは、十五世紀前半までに画家や写本彩色画家が数多く描いてきたこの髪型をした女性の、ほとんどすべての面影と重なる。これと同類の、さらに装飾的な髪型は、有名なアルノルフィーニ夫妻像のなかに見てとれる。この花嫁のかぶりものはさほど複雑ではなく、同じファン・エイクの手になる妻の肖像のそれを思い起こさせる。(12) 髪型に関しても、クリスティーヌは節度を弁えて流行にしたがい、自分のイメージを意図的に操作している。すなわち、現実的ではあるがそれをいくぶん加減し、禁欲的ではあるが生真面目すぎず、きちょうめんではあるがきわめて簡素に、地味ではあるが貧しげでもない、といった感じである。これが中程度に高貴な家柄（たとえイタリアの高貴な生まれがフランスでは通用しなかったとしても、小貴族と言うことはできるだろう）の寡婦という、己の立場に適しているとみなされるスタイルであり、知的な職業婦人という自分の身分《ステータス》をあらわすのに彼女が選んだ制服《ディヴィーザ》だったのである。

クリスティーヌが自ら示し、あるいは少なくともそうであると考えられているイメージは、彼女が『女の都の宝典』において繰り返し主張したことを図像的にあらわしたものである。その『女の都の宝典』は、自分の身分《ステータス》「以上」のものを身につけず、社会的ヒエラルキーを尊重し、虚栄心や贅沢好みをあからさまにせず、賢明に慎み深く暮らすようにということを、女性たちに何度も説いていた。自分を地味な服装で描かせたということは、彼女の特異な境遇を読者に受け入れやすくさせ、あれこれ騒ぎ立てられずに、己の周辺だけでなく公の場でも発言するという、もって生まれた先進性を包みかくすための手段でもある。そしてそれは宗教的な性格をもたない特別な規範、すなわち修道院に隠遁したりせずに、自分に運命づけられた境遇から脱して、自国の文化的生活に参加することを願う女たちの規範にしたがうことを示す手段であった。在俗の寡婦という彼女の標章《ディヴィーザ》は、彼女が革新的に実践してきた「第三の道」の象徴である。

Ⅶ　写本挿絵《ミニアチュール》という鏡のなかで

シンプルで上品な装いに身を包んだクリスティーヌは、机に向かっている。彼女の座る椅子は、背もたれと肘掛けのあるもの、またはそのどちらもない、井戸のような形をしたもの、あるいは玉座のような大きな肘掛け椅子であったりする。われわれは机や椅子、そして部屋のなかに、これまた部屋の形をした、いっそう複雑な構造をしているものが描かれた中世の図像を数多く知っている(1)。例えばアントネッロ・ダ・メッシーナの描いた聖ヒエロニムスのいる書斎は、隠れ家のような広い空間のなかに置かれた木製の複雑な造りである。このことは、はるか後の時代にヴァージニア・ウルフが主張したように、集中する空間、「自分だけの部屋」という、執筆に必要とされるものと関わりがある(2)。クリスティーヌが夫とともに生きていく喜びを奪われ、運命に責めさいなまれて「小さな部屋に」(dans une petite étude)(3)引きこもることにしたと語るとき、彼女はこの隠れ家のことをほのめかしているように思われる。

十五世紀初頭に読書をする女性の図像がないわけではないが、書き物をしている女性となると、その図像はきわめてまれである。(4) そのような数少ない例としては、マリー・ド・フランスがペンと削りナイフを持って書物に向かう様子（図6）や、フォントヴローの修道院にあるアリエノール・ダキテーヌの墓に彫られた小さな書物を手にする彼女自身の姿が知られているくらいである。(5) ところが机に向かうクリスティーヌの姿となると、およそ十もの図像が存在する。これまで見てきたように、彼女の図像は、執筆・研究を生業とする最初の俗人モデル——しかも女性——のひとつに数えられる。(6)

彼女は右手にペン、左手に削りナイフをもち、書見台の書物と向きあう四分の三正面の姿で描かれることが多い。あるいはペンだけをもっていたり、書物の頁をめくるのに没頭していたりする。ペンと削りナイフは、作家にせよ単なる写字生にせよ、物書きに必須のアイテムであった。写本のなかに作者の姿が描かれているのを見るのは、読者にとって好ましいとクリスティーヌは考えたようである。女流作家は珍しいので、仕事中の様子を見せれば、効果は倍増する。

最もよく知られている肖像画のひとつでは、(7) 色物のテーブルクロスのかかっている少し傾いた机のうえに、執筆中の本とインク入れが置かれている。クリスティーヌの足元には子犬がいるが、これは控えめな忠節のみならず、知性と記憶の象徴でもある。当時の図像によくみられるように、建物前方が開いており、部屋の内部が見えるようになっている。そしてまた当時の家の実情を反映して、家具類はきちんと片付けられており、壁には装飾と仕切りの役目を兼ね備えたタペストリーが一枚、そして扉と同じ側に窓があるだけである（図7）。別の絵では、さらに凝った造りの机の上に複数の本が置かれている。長椅子がある場合は、そこに弟子や話し相手が坐っている。他の家具調度品、本棚や花瓶が描かれることはほとんどない。

クリスティーヌが書見台を前にして立っていたり、あるいはベッドに横になっていることもある。『三つの徳の書、あるいは女の都の宝典』では、寝ている彼女の傍らで〈理性〉〈公正〉〈正義〉という三人の徳が、起きて仕事を続けるようにと彼女を急き立てている。ほとんどすべての図像で、彼女は国王の身につけるような青を着ている。(8) 同じ服装《ミーズ》は、野外の場面でもみられ、女の都の城壁を造ったり、さまざまな建造物、銃眼のある塔、城門を背景に、入口を通るクリスティーヌもやはり青をまとっている。

当時の裕福で権力のある女性が見せびらかしたがるような凝った造りの衣裳を描いた図像はわ

れわれを驚かせてくれるが、このような服について考えてみると、簡素な衣服はその特性を強調するものだと言える。このことは、クリスティーヌと異なり、いかなる活動もせず、動きにくい衣裳を着ていた女性たちを見れば明らかである[9]。

社会的状況や活動が異なるにも関わらず、袖の開いた青いコタルディを身につけたクリスティーヌという、よく知られた図像を、十五世紀前半にベリー公のためにつくられ、ランブール兄弟が挿絵を描いた有名な『ベリー公のいとも豪華なる時禱書』の六月の場面に登場する農作業をする若い女の図像と比較するのには理由がある[10]（図8）。

ジャン善良王《ル・ボン》の息子でシャルル五世の弟であるベリー公ジャンは、クリスティーヌを高く評価し、彼女の作品を数多く所有していた。時禱書は、この種の黙想用テクストと同様、一日のなかで唱えるべき詩編や祈禱文を記したものである。注文主の好みや当時の習慣を反映した豪華な彩色写本も多かった[11]。建築事業に対する公爵の関心は、挿絵のなかにしばしばうかがえるが、宮殿や城の描写は、われわれにクリスティーヌの生きていた当時の情景、すなわち彼女のパトロンたちの壮麗な住居のみならず、畑で農夫たちが働く様子——『三つの徳の書』で述べられているように、女領主は彼らをじかに監督しなければならない——を想像させてくれる[12]。『ベリー公のいとも豪華なる時禱書』は月暦図で始まる。一月の場面では、クリスティーヌのパトロンであるベリー公が宴会のテーブルについている(図9)。四月には打って変わって、贅沢な衣裳を身につけた男女が婚約の儀を執り行っている(図10)。六月の場面には、手前のほうに優美さは欠けるものの、シンプルで控えめな服装の農婦が描かれている。身体にぴったりした丸い襟ぐりの青い服を着た若い女は、その下に白くて長いシュミーズをつけ、頭には白い「頭巾」をかぶっている。この仕事着は、二月に炉の前で暖をとる農婦の服とよく似ており、色や作りはクリスティーヌのものを思い起こさせる(図11、12)。当時の好みを反映しながらも作業に向いた服装《ミーズ》になっており、クリスティーヌとこの農婦の着衣は、どちらも品位を失うことなく機能性を追求している。

十五世紀初頭にボッカッチョの『名婦伝』仏語訳の写本がつくられたが(フランス国立図書館、一二四二〇番写本)、ここには女性の図像が豊富に含まれている。なかでも自画像を描くことに没頭するマルティアは、頭に何もかぶらずに、クリスティーヌとよく似た服装(ただし服の色は薔薇色)をしている(図13)。同作品の別の写本(五九八番写本)では、数少ない女流作家の象徴的存在であるプローバが、木製の島のような形をした机に向かって仕事をしている(図14)。プローバも、同じパリ写本にみられる長椅子に坐る二人の若い弟子を教えるサッポーも、クリスティーヌと同様の服（サッポーの場合は青ではないが）をつつましく身につけている（図15）。

知的な職業にしろ、そうでないにしろ、働く女性のコード化したユニフォームが明らかに存在していたが、その服の色は、挿絵画家の好みとか、使用できる顔料の問題に左右された。クリスティーヌのケースを特徴的なものとしているのは、作家の監督の下に、さまざまな彩色写本の表現をほぼ完全に統一していることである。したがって彼女は、古くからの伝統に則って、シンプルではあるが上品な制服《ディヴィーザ》を選択したのであり、書斎の外、例えば依頼主や献呈相手に作品を渡すときにもこれを身につけている。

こういった場面は、作者から依頼主、あるいは将来の所有者に作品を手ずから渡す行為の正確なタイポロジーをつくりあげている。当然のことながら、クリスティーヌのケースを除き、著者は男性であった。献じられる写本は、金の装飾付きで、青や赤といったカラーの表紙がついていることが多く、細紐で閉じられている。クリスティーヌがルイ・ドルレアンに献じた『オテアの書簡』写本も、緑の表紙に金の装飾のついたものである(13)。クリスティーヌは、公爵とその取り巻きの宮廷人たちの前に跪いている。公爵は、金糸の刺繍と金色の襟があしらわれ、毛皮の裏打ちのある非常にたっぷりとしたウップランドを豪奢に着こなしている。周りの男性たちも豪華な装いをしており、羽のついた大きくて派手な帽子をかぶっている（図16）。当時はこういった装飾品を身につけることは奢侈禁止令で禁じられていたが、そのような制約が宮廷では意味をなさなかったことは周知のとおりである。クリスティーヌのコタルディ――この場合は青ではなく黒であるが――は、きわめてシンプルなもので、こういった華美な装いを前にすると、かえって際立つ。宮廷男性の服装《ミーズ》が大きくてカラフル、また高価で奇抜なものである一方、彼女の衣服は修道女の如き本質をあらわしている。明らかに彼女は、知的活動をおこなう寡婦は公に姿をあらわさねばならないと考え、このように品位のある仕事着を身につけることにより、俗世と距離を置いている――実際は一定の関係を保ちつづけているのだが――ことを宮廷で強調していたのである。

　クリスティーヌからフランス王シャルル六世妃イザボー・ド・バヴィエールへの写本献呈の場面は、よく書物に掲載される有名な挿絵のひとつであるが、検証すべき非常に興味深い作品であると言える[14]。これについては先の章ですでに触れたが、ここには贅を尽くした寝室が描かれている。右には赤と金の天蓋付きのベッドがあり、壁全体はフランス王家の青地に金の百合の紋章のある布で張りめぐらされている。奥の格子窓には、木枠にガラス（当時は非常に高価であった）のはめ込まれた扉がついている。王妃は赤いソファーに腰を下ろし、傍らには六人の貴婦人が坐っている。画面中央のクリスティーヌは、いつものように地味な服装で跪き、腕には金の装飾のついた赤い表紙の分厚い写本を捧げもっている。王妃の側に控える女性たちは、さほど贅沢な恰好でない者もいるが、うち二人はほぼ同じ姿で、金糸の刺繍のあるきわめて上品な服を身につけている。王妃は、アーミンの裏打ちのある赤と金の豪華なウップランドをまとっている。画面端には犬もいる。色彩と細部描写の豊かな、全体的に女性らしい雰囲気に満ちた場面であるが、これは当時の特権階級の情景をそのまま映し出しており、その中心でクリスティーヌは自らの居場所を見いだしているのである（図17）。

クリスティーヌの図像は十枚ほど現存しており、単独像、もしくは息子や弟子、宮廷の権力者、王妃イザボー、〈理性〉〈公正〉〈正義〉の三徳、武装したミネルウァ[15]（図18）と共に描かれていることもある。戸外で鏝をもって女の都をつくろうとする姿（図19）、あるいはペンと削りナイフを手にして机に向かう姿というのもある。執筆中、そして作品を献呈するクリスティーヌは、繰り返し描かれている。このように図像が豊富にあるというのは、例外的なケースである。実際のところ、クリスティーヌは世俗のプリマ・ドンナであり、さまざまな図像表現を通して、将来の自分のイメージをつくりあげることを気にかけているのである。[16]これが彼女を、中世のファースト・レディーとか、[17]女性にとってかつてない様式に則った文化的場面の支配者と定義することに寄与したのは間違いない。彼女は記憶を保ち、記憶をもとに仕事をすることに関心を抱きつつ――もしそうでなかったら、シャルル五世の伝記も、まさしく記憶の書というべき『女の都』も生まれなかっただろう――、豊富な図像資料によって己の記録を保持するために必要なものを揃えることができた。

のちの写本では、クリスティーヌは以前と異なる装いで描かれているが、重要なのは、それが彼女自身の監修した図像ではなく、作者の指示よりも十五世紀後半の趣味を反映した表現だということである。一四三〇年頃のクリスティーヌの死の後に描かれた挿絵では、以前の挿絵からまださほど経過していないのに、その服は、彼女自身が選んだユニフォームに通じるものはあるにせよ、はるかに洗練されて凝ったつくりとなっている。それはもはやシンプルなコタルディではなく、エレガントなウップランドであり、頭のヴェールは質素な亜麻ではなく絹製である（図20）。大衆の趣味が著者の意図にまさり、彼女を宮廷作家に祭り上げた人びとのおかげで、彼女は高貴な人物にされてしまった。プロの女流作家の制服をせめて美しいものとするために彼女がした努力の大半は、そのアイデンティティーを吸収した注文主たちのせいで帳消しになったのである。彼女の死後、その頭にはヴェールと修道女用の垂れ布のついた「妖精の」円錐帽（エナン）が描かれるようになる。クリスティーヌの賛美者で、彼女の作品のコレクターでもあったアンヌ・ド・フランス（一四六一－一五二二年）に帰属する十五世紀半ばにつくられた『宝典』の豪華写本では、『女の都』とその続編をまとめた別の写本と同様に、クリスティーヌのイメージが変質してしまっている。[18] もはや彼女は、フランドル写本のなかに登場する自分自身の姿にも、アーミンで裏打ちされた豪華なウップランドをまとい、エナンをかぶった徳の婦人たちの姿にも、自分の意見を差し挟むことはできない。今や写本挿絵は、テクストの著者の自己主張とは異なる意図に応えるものとなってしまったのである。

Ⅷ　鋤と鏝をつかって

貴女の知性という鋤を手にとり、わたしがつけたしるしをたどりながら、懸命に大きな溝を掘りなさい。私は土を運ぶのを手伝いましょう。(1)

〈理性〉はクリスティーヌに、「知性という鋤」で掘り起こし、「探求という鋤」をも使いながら、女の都を建設するのに必要な作業を始めるようにと説いている。不当に誹謗中傷を受けた徳の高い女性たちのための避難所として都市を選んだのは、ただの偶然ではない。都市は、当時のクリスティーヌの目には自由な空間と映り、(2)社会的転換を可能とするところであった。そしてそこは、過去をもたない人間が大いなる未来を準備することができるところでもあり、我が身を守ったり新しい経験をしたりするのには理想の場所だったのである（図21）。クリスティーヌが目指すのは、女性の尊厳が高まった場合に可能となるであろう、不公平感の少ない共同生活の地盤固めをすることである。

数多くの物語を集めた『女の都』を執筆するというアイデアを正当化するべく、クリスティーヌは、幻視の力を借りている。ある日彼女がいつものように書斎で「わたしの人生において習慣的となっている行為」（第一之書冒頭）である文学研究に没頭していると、〈理性〉〈公正〉〈正義〉が彼女の眼前にあらわれる。驚くクリスティーヌに、徳の婦人たちは、女性への悪口雑言にあふれたマテオルスの書(3)のおかげでかき乱された心を鎮めるためにやってきたのだと告げる。彼女らはこれに反論するようにとクリスティーヌを励ます。哲学者や詩人の述べてきたことすべてが信頼に値するわけではないのだ、と(4)。

『女の都』冒頭からは、彼女の書斎には、自分のものにしろ他者のものにしろ、さまざまな主題の書物があったことがうかがえる（例えばマテオルスの書などは、彼女の蔵書ではなく、おそらく借りたものであろう）。そのような書物の存在は、図像から確かめることができる（図22、23）。クリスティーヌは家事を母親にまかせ、日々研究に邁進した。例えばマテオルスの書を読んでいるときなどは、母親に夕食に呼ばれて読書を中断したくらいである（「母がわたしのところにやってきて、夕食の時間ですと言いました」)。クリスティーヌは、書物とは役に立つものだから、この書にも女性について肯定的な見解が書かれていて、楽しい読書となるだろう、もしくは道徳的完成や徳に有益なものとなるだろうと考えていた。ところがその期待は打ち砕かれた。そこには理不尽な言葉で、女性とその境遇についての誹謗中傷が述べられていたのである。クリスティーヌが指摘するように、マテオルスの評判が良くないのは事実であるが、女性の振る舞いがあらゆる悪に傾きやすいというのは、何も彼だけの言い分ではない。

この当時は、多様な女嫌い《ミソジニー》文学が存在していた。例えば、処女性を賛美し、結婚を悪し様に言う聖ヒエロニムスの『ヨウィニアヌス駁論』のような禁欲的なものから、結婚や女性のもたらす煩わしさが、哲学者とその仕事にとって妨げになるとみなす哲学的なものまで、さまざまである。クリスティーヌは、それらとは異なる、より一般的な女嫌い《ミソジニー》が表明されているマテオルスの『嘆きの書』を攻撃対象とした。これは十三世紀の初めにラテン語で書かれ、そのおよそ七十年後に仏語訳されており、結婚生活の苦悩を列挙した、きわめて通俗的な諷刺作品である。テクストの類型上の問題、そして作者の知性の乏しさのゆえに、クリスティーヌは高尚な作家には向けにくいような批判をすることができた。『愛神への書簡』同様、『女の都』でも、クリスティーヌは女性を擁護し、同じ方法論を用いて誹謗者を攻撃した。よく知られたマテオルスの作品のようなものと関わったために、クリスティーヌがどのような発言をしようとしていたか、そして彼女がいかなる大衆を獲得しようとしていたかが明らかとなる。実際のところ、彼女は教条主義的な性格の学問的な作品を書こうとしていたのではなく、多くの大衆の心をつかもうとして、一般的な見解と戦っていたのである。

『女の都』はひろく読まれた作品であるが、そこに新しい要素や未発表の部分を見いだそうとしても無駄である。扱われている題材は、あらゆる人びとがよく知っているものである。ここでこの作品の構成と、クリスティーヌの主張を探ることにしよう。

彼女は自分や、自分が見聞きした多くの女性の体験は、書物に書かれている悪意ある言葉や聖職者の見解に起因すると述べている。にもかかわらず、女性についての否定的な偏見をもつ著名な知識人から影響を受けずにはいられない。もし女性が本当に彼らの言うとおりの存在であるとしたら、神は卑しきものを造りたもうたことになるのだ。

このように考えて、わたしは深い悲しみと落胆におそわれた。わたしは自分自身、そして全女性を、自然の生み出した怪物として軽蔑してきたのである。

そして彼女は自分が男でないことを嘆き、神が己を「女の身体でこの世に送りたもうた」ことにうちひしがれるのである[5]。

写本挿絵にしばしばみられるように、クリスティーヌは肘掛け椅子に凭れて頬杖をつきながら、反撃の機会を見いだす。彼女はマテオルスら誹謗者の説を論駁する書を執筆することを決心し、三人の女性が彼女の眼前に突如としてあらわれ、その計画を託したとした。それはよく知られている偏見だらけの書に代わるものを執筆し、自分の見解を他者の見解と対抗させ、自分のアイデンティティーを主張し、哲学者や詩人たちがつねに正しいのは当然だなどと考えずに論争に参加しようというもくろみである。まさに失意の上に築かれた反抗心と勇気あふれる行為であり、こうして『女の都』は誕生したのである。

女性史の編纂は、なにも新しい試みではない。そのことはクリスティーヌも参照した有名なボッカッチョの『名婦伝』[6]を思い起こせば十分であろう。そうではなく、女性だけの都市という発想自体が新しいのである。女性についての一般的評価がまるで事実無根だと証明できる事例を集め、個性あふれる人物を同一の空間に囲い込むことに意義がある。徳の欠けた女性たちは、城壁の外に追いやられたままである。彼女らは、女性にも徳の高い価値ある人物がどれだけ存在するかを示そうとするクリスティーヌの目的には適わないのである。

〈理性〉は城壁を高くすること、〈公正〉は都市の建設、〈正義〉はその完成を手伝うことを、それぞれクリスティーヌに約束する。図像には、三人の徳のうちの一人がレンガを積み、クリスティーヌが手に鋤、もしくは石を固定するための鏝をもって、都市を建設しているところが描かれている（図24）。

〈理性〉はクリスティーヌを、自分がよく知っている肥沃な平地「教養の野」へと連れて行き、知性という鋤を使って大きな溝を掘るようにと言う。この土地を「探求という鋤」で耕しつつ（図25、26）、クリスティーヌは作業を始めるにあたり、〈理性〉、すなわち彼女自身に、どのようにして論駁せざるを得ないような見解が生ずるのかを問いかける。〈理性〉曰く、それは自然からではなく文化から生まれるのだという。もしかすると誰かが善意で女性について誤った悪しき見解を広めている――男性を卑しい女性から護ろうとしているのかもしれないが、「誰かを助けるために、一人を槍玉に挙げて非難したり偏見をもったり、あらゆる女性のおこないを不当にとがめ立てするのは正しいことではありません」[7]。たしかに、ひとたびそういった意見が生じると、それは繰り返しあらわれ、定着してしまう。クリスティーヌによれば、多くの人びとは己の教養をひけらかそうとして他者の言を繰り返し、こうしてしばしば嫉妬から生じる偏見や誹謗は延々と伝えられていく。

彼らは知性にすぐれた女性たちを知っているし、また会ってもいます。そして彼女らの高貴な振る舞いにはいらだち、また恨みをもおぼえます。こうして彼らの嫉妬心が、あらゆる女性を糾弾するようにしむけるのです[8]。

文学的には、クリスティーヌはオウィディウス、カトー、チェッコ・ダスコリから着想を得ている。そして「泣き、しゃべり、糸を紡ぐ者として、神は女性を創りたもうた」という格言をとりあげ、女性は理由があって泣くのであり、分別をもって話していると述べている。それから彼女は〈理性〉に、なぜ女性は裁判から閉め出されるのか、もしかしたら女性は賢明に行動できないからではなかろうかと問いかけている。〈理性〉の答えて曰く、女性には法を理解できるだけの知性がじゅうぶんにある、政治的感覚も生まれつきそなわっている、そのことは国を治め、裁きをおこなった女帝、王妃、王女たちの事例が示すとおりであるという。シャルル四世の寡婦ジャンヌ妃はまさしくそのような女性であり、クリスティーヌがとりあげた数少ない歴史上の人物の一人である。したがって女性が排除されるのは、その行動のせいではなく、その真の能力は、クリスティーヌのように寡婦の立場になったときに発揮されることが多い。王妃セミラミスもまた寡婦であった。彼女の物語は、建設中の女の都の土台のひとつとなっている。力と勇気にみちたセミラミスに続き、ペンテシレイアからゼノビア、アルテミシアからフレデゴンデにいたるまでの神話のアマゾネスたちの武勲、女王たちの事跡が語られる。みな怖いもの知らず、そしてほとんどが寡婦である。

勇気あふれる女性たちの後には、徳の高い、知性と学識を具えた女性たちの物語が続く。その序言は、テクスト全体よりもさらに驚くべき内容となっている。クリスティーヌと〈理性〉との対話のなかでは、女性の教養が乏しい理由が語られている。クリスティーヌは〈理性〉に問う。「もし女性が男性と同等に学び、かつ論じることができるのなら、なぜもっと彼女らは学ばないのでしょうか」。〈理性〉は答える。

なぜなら女性が男性の領域に立ち入ることを、社会が必要としていないからです。彼女らが日々与えられる役割をこなしていれば、それで十分なのです。[9]

したがって女性がものを知っているということはなんの役にも立たず、知らないということが好まれるのである。しかしもし女性がきちんとした教育を受けていれば、あらゆる技芸のすみずみまで習得し、理解できることだろう。実際のところは、女性は学べるような状況からは故意に外されているのである。

たとえこのような見解が真実であることを示すケース――クリスティーヌのケースもそのひとつであるが――が例外的なものであるとしても、これは概して全女性にとって意義あることである。偉大な賢女の事例としては、高貴な女流詩人コルニフィキア、ローマのプローバ、詩人にして哲学者サッポーが挙げられる。「考案者」としては、ローマの礎たるテヴェレ川の両岸で法律を公布した最初の人物であるニコストラータ、もしくはカルメンタがいる。カルメンタについてはボッカッチョも言及しており、クリスティーヌは「その権威は世に知られていた」と語っている。[10] ボッカッチョに関して言えば、『女の都』は、彼の作品をフランスに紹介する最初の試みのひとつである。[11] クリスティーヌは『デカメロン』の物語の数編を利用し、『名婦伝』[12]の一〇六の物語のうち七五編から直接題材を得ているが、すべてそれらを作り替えて、[13]新たな伝統と女性の系譜を構築している。[14] 羊毛を染め、つづれ織りを織る技を考案したアラクネの物語も、ボッカッチョから取材している（図27）。

このような女性たちが人類に明らかな貢献をなしたことを鑑み、クリスティーヌは一気にその感情をほとばしらせる。

口をつぐむがいい。今後、中傷好きの聖職者、女性を話題にし、自著や詩のなかで非難した者たち、そしてその仲間や支持者は、口をつぐむがいい。真実が彼らの主張に打ち勝つときには、彼らは自らの書に嘘をたくさん書き並べたことを恥じ、うちひしがれるがいい。[15]

聖職者にかぎらず、貴族や騎士までもがすべての女性を貶していた。そして騎士として女性を支えることについては、個人的につらい体験をしたクリスティーヌは深い悲しみをおぼえた。

空想と現実が交錯するなかで、クリスティーヌは物語のなかに、例えばアナステーズのような、彼女が個人的によく知っていた女性たちを登場させている。アナステーズは熟練した写本挿絵画家で、クリスティーヌによれば、この世で最高の画家たちが集うパリでも、彼女ほど花のモティーフや挿絵を精巧に描くことのできる者はいなかったという。「わたしは経験上知っています。というのは、彼女はわたしのために、この上なくすばらしい挿絵を何枚か描いてくれたからです(16)」。同時代の人物の話を神話や伝説のあいだに入れると、物語に真実味や現実感が増し、読者の注意が喚起され、理解しやすくなる。とりわけ女性の読者は、「探そうとすれば、この世に才能のある女性はたくさん見つかるでしょう」という〈理性〉のことばに勇気づけられる。クリスティーヌは、読者がそのような女性を探すことを望んでいた。

『女の都』中の、われわれの耳にはひどく現実的に響いてくることばを読んでみることにしよう。それは革新的ではあるが、良識とか経験的な知識と同一視される賢明さという一種の讃辞のせいで、すぐに効果は薄れてしまう。賢明さは、男性にとっても女性にとっても、固有の才能であるとみなされているが、「生来」女性のほうに多くそなわっている。クリスティーヌは「生来の賢明さ」について語っているが、本当は、これは経験によって示唆される賢明さであると理解できる。事実、『三つの徳の書、あるいは女の都の宝典』において、あらゆる社会的状況の女性に対してつねに賢明さを示唆するクリスティーヌに、このことを教えるのは、経験なのである。

女の都に家屋や他の建造物をつくるうちに、賢女たちは「美しく輝く石」の代わりとなる。巫女のニコストラータやカッサンドラは、「女性の大いなる理性」と「彼女らを非難する者たちの途方もない過ち」の証明である。[17] 女の子が生まれたという知らせを聞いて父親がひどく動揺するとすれば、どれだけ驚くべきことで、悪い評判となるだろうかとクリスティーヌは述べる。父親が動揺する原因は、持参金の額、さらには女性に関する否定的なプロパガンダにある。しかし愛らしい娘や、老いた夫に献身的かつ忠実に仕える妻がいないわけではない。多くの男性、そして男性の著作家によれば、結婚生活は、女性の性急さと、その激しやすく執拗な態度のせいで熱に浮かされてしまった夫のためのものである。しかし〈公正〉によれば、論争せずに前もって解決しておくことが肝要である。「相手がいなければ、裁判に勝つのはたやすいものです。そのような書物を書く女性はかつて存在しなかったということは確かです[18]」。

ところが『女の都』は、ひとりの女性によって書かれたものである。そこにはわけもなく苦しめられたり、夫から侮辱されて傷つけられる女性について語られているかと思えば、かつてクリスティーヌがそうであったような幸福な妻たちの話も出てくる。忠実な妻や偉大なる愛の物語は、

『デカメロン』を愛読していたような当時の読者に喜ばれたが、それらはグリゼルダやジェノヴァのベルナボ、サレルノのタンクレーディ、メッシーナのエリザベッタの物語に通じるものがある。(19) これらの物語は緊迫感があってよく語られるので、男女双方の読者を魅了したが、その行間からはクリスティーヌの思いも読みとれる。結婚というしがらみのなかで大恋愛を経験した女性たちについて語ったのち、クリスティーヌは誹謗者マテオルスに対し、怒りの言葉をぶつける。「マテオルス他、女性についてたくさんの嘘を並べ立てた妬み深いへぼ詩人たちは、口をつぐんで寝てしまうがいい(20)」。マテオルスにしろジャン・ド・マンにしろ、その主たる過ちは、全女性を一括りに論じてしまったということにある。すべての女性が賢いわけではないが、それはすべての男性が賢いとは言えないのと同じである。善にみちびかれる種族など存在しないが、悪に傾きやすい種もないのだとクリスティーヌは言う(21)。

そこでクリスティーヌは、この世にはびこる否定的な見解を論駁し、女性の善行を列挙している。例えばイスラエルの民を救ったユディト、民を隷属状態から解放した王妃エステル、サビーニーの女たちやフランス王妃クロティルドについて語り、読者に女性のもたらした多大な恩恵にみちた行いを知らしめている。

もし災いが数人の悪女によって引き起こされたとしても、気高い魂の女性たち、とくに賢女たちのもたらした恩恵は、それよりはるかに大きなものであるように思われます(22)。

それゆえ当時の男性たちのなかには、娘や妻が道を踏み外すのを怖れて、彼女らが学問を修めるのを望まない者もいただろうという見解には驚かされる。学問はひとを堕落させるものではないどころか、逆に良くするものである。このためすぐれた法律家ジョヴァンニ・ダンドレア――クリスティーヌの父は、ボローニャでおそらく彼と直接面識があった――は、娘のノヴェッラに教育を受けさせることを望み、こうして彼女は父親の代理も果たすことができるほどになった。ただし彼女は自らの美しさで学生たちを惑わせることがないように、教室ではカーテンの後ろから講義をしたという。「同じく貴女の父親は」――〈公正〉は言う――「女性に学ぶ能力があると信じて、貴女に教育を受けさせたのです」。実際のところは、あまり教育を受けていない男性たちの多くは、女性が自分たちより物事をよく知っているということに耐えられないであろう(23)。

学問がひとを堕落させるというのは偏見であり、それは有徳な美女はめったに存在しないという考え方と同じである。さらなる重大な偏見は、「女性は襲われたがっている」というものである。悲嘆の気持ちをこめてクリスティーヌは〈公正〉に次のように言わせている。「有徳で誠実な女性は、暴力からはいかなる快楽も得ることはなく、残るのは比類ない悲しみです[24]」。女性が「移り気で」、落ち着きがなく、気まぐれで、軽々しく、気性が脆いとみなす誤った見解を打ち破るべく、さまざまな議論が戦わされ、事例が挙げられる。ボッカッチョが語っている忍耐強いグリゼルダやジェノヴァのベルナボの妻のケースは、まさしくそういった偏見とは逆のことを証明しているのである。

「しかしなぜ」とクリスティーヌは問う。優れて賢く、教養があり、執筆もできる女性たちが、己の性について間違ったひどいことが言われているのに、長いあいだ耐えてきたのであろうか。〈公正〉の穏やかな返答は、クリスティーヌに課された骨の折れる役目を明らかにするものであった。

婦人とその徳についてわたしが貴女に語ったすべてのことから、いかに彼女らがさまざまな作品に己の知性を適用したか、そしていかに異なる主題を論じたかということがおわかりになったはずです。この作品の完成は貴女に任されたのであって、彼女らではないのです。……今が

まさしくその時です。(25)

「尻軽女」などという、女性に対するさらなる非難に直面すると、クリスティーヌは後の『三つの徳の書』で展開することになる思想を繰り出してくる。衣服に過度にこだわったり、美々しく飾り立てたりすることは、悪徳以外の何物でもない。「己の本分を越えるあらゆる外見の粉飾は非難されるべきです」。しかし多くの男女が贅沢に装うのを単に好むことは認めている。大切なのは、自然な装いである。さまざまな社会的カテゴリーに属する女性に、いかに装うべきかという指示を与えるクリスティーヌは、〈公正〉に「何人も衣服で分別を判断してはなりません」と言わせている。(26)彼女自身、節度ある上品な着こなしをしており、己の本分を弁えずに着飾るのは無分別であると考えていたが、良い服を着るのが好きだったり、男性に言い寄られる女性たちについての陰口などは、聞く耳を持たなかった。おそらく彼女は己を顧みて語る。

わたしは有徳の賢女たちを知っています。彼女らが自らの不幸を嘆いてわたしに打ち明けてくれたところによると、彼女らは若さと美の輝きの盛りを過ぎても、一度ならず言い寄られたということです(27)。

女性は罪深いと言われてきたが、彼女らの振る舞いに、男性に言い寄らせようとするものは何もなかった。彼女らを愛すべき存在にしているのは、むしろその大いなる徳だったのである。少なくともここでクリスティーヌは、あまりにも事態を楽観視しすぎているように思われる。

画家アナステーズ以外の歴史的人物としては、もうひとり、イザボー・ド・バヴィエールがいる。彼女は『女の都』第二の書の終わりあたりで登場するが、そこでは「きわめて有徳な」高貴なフランス女性の一団が登場する。イザボー妃は、シャルル五世の弟ベリー公ジャンの妻や、ミラノ公の娘であるオルレアン公夫人等と同様、悪徳をもたない女性と定義されている（たとえすべて正しいわけではないとしても、史書は彼女を貪欲な女としているが(28)）。そのような傑出した女性たちを列挙するのは、おそらくクリスティーヌが宮廷での支援を得て、作品を広めるためだと考えられる。

聖母は、聖女たちの都に居を構えるにあたり、難を逃れた女性たちや〈理性〉〈公正〉〈正義〉と共に暮らすことを最初に快諾し、そして女性たちの頭《かしら》として君臨し、またそうありたいと言う(29)。

聖女ルチア、処女《おとめ》マルティナ、アナスタシア、テオドラ、ナタリアの物語が、当時よく知られていた教訓話のなかに含まれているが、このような話は都市の建設の合間に語られることで、新たに脚光を浴びている。クリスティーヌの構想する女の都は、女性を尊大にさせるためではなく、昔から彼女らに求められてきた賢明さや慎ましさ、忍耐力をなおざりにせずに、女性の価値を自覚させるためのものである。クリスティーヌの脳裏には、過去の作品が厳然と居座っていた。アウグスティヌスは『神の都』において、天上の都に倣って地上で人類が共存していくように計らったが、クリスティーヌにとっては、男女の関係の改善が最も気にかかる問題であった[30]。

俗界の知識人たる彼女は、地上の都市と、その都市が知識や徳を求める働きに絶えず注目している。知識や徳は価値あるものとみなされ、男性にも女性にも公平かつ私的なものであり、また共有も提供も可能で、役に立つものである。

クリスティーヌは「この新たなる遺産（すなわち「女の都」）を悪用しないように」と婦人たちに諭し、既婚女性に対しては、「人間にとって自由であることがつねに良いとは限らないので[31]」夫に仕えることを嫌がってはいけないと教え、議論を締めくくる。おそらく彼女がこれまで味わってきたような、個人的な辛い体験から語られた言葉であり、クリスティーヌは寡婦たちに対し、服装、態度、言葉遣いにおいて誠実であること、行動や生活様式に気をつかい、控えめで賢明な振る舞いを心がけるようにと勧めている。たしかに彼女はそれを実践していたが、勇気と決断力にあふれた、有能な女性でもあった。

彼女はすべての女性に対し、名誉や徳を保ち、愚かな恋愛を避けるようにと述べている。そのような恋愛は、当時好まれた物語作品そのままに、強烈な感情をわき上がらせ、分別を失わせるものである。

おお婦人よ、逃れよ。貴女方に勧められる愚かな恋愛を逃れよ。それを逃れよ。神の名において逃れよ。良いものはなに一つやって来はしない。それを確信せよ……。逆を期待してはならない。他のことはあり得ないのだから(32)。

『女性の立居振舞について』の著者フランチェスコ・ダ・バルベリーノも、娘たちに対し、恋物語を読んだり、それについて話したりしないようにと勧めているが、この二人の立場は異なっている。それというのもフランチェスコは、修道女や行政機能に関わる高貴な家柄の女性を除き、女子教育に否定的だからである。(33) もし十四世紀初頭にこういった女性たちになんらかの権利が認められていたら、クリスティーヌの時代には夫の不在時に代役を務められるような商人や職人の妻たちに、本質的かつ実践的な教育が用意されていたはずである。しかし世俗の教養ある女性が世間に認識されるようになるには、それからおよそ一世紀待たねばならなかった。

女性への最後の諫言は、惑わされず、慎重に行動し、女性をそそのかして「罠にかかった獣のように」捕まえようとする者の巧妙な狡猾さから身を護れということである。「逃れよ、婦人よ、逃れよ」。これがクリスティーヌの結論であり、彼女は頭のなかでは綿密な計画を練っていた。彼女は女性の価値を認めつつ、その尊厳に対して敬意を払っていた。しかし彼女はためらうことなく現実と折り合い、女性に忍耐、賢明さ、用心、そして必要なさいには足早に逃れ、つねに毅然たる態度を求めていた。

Ⅸ　女子教育

女性の尊厳を擁護するという、クリスティーヌが繰り返し強調していたテーマは、すでに述べたように、彼女がつねに抱えていたもうひとつの義務、すなわち教育という義務と関連している。実際、彼女には男女の育成が気がかりだった。『三つの徳の書、あるいは女の都の宝典』では、女性に正しく実践的な教育をと訴えているが、すでに『女の都』においても、女性が非難される欠点の理由を、教育の欠如にあると述べている。

もし男の子のように女の子を学校にやって学問を修めさせる習慣があるとしたら、彼女たちは男の子と同様に習得するでしょうし、あらゆる技芸を隅々まで学びとることでしょう。そして時として次のようなことも起こります(1)……。

クリスティーヌはたまたま完全な教育を受けたわけだが、こういう機会は他の女性にも与えられうるものであるし、またそうあらねばならない。クリスティーヌ曰く、女性の頭脳は明晰であるから、教育の成果は著しくあらわれることであろう。

女性は男性よりも体力が劣り、虚弱で、特定の役割に適応しにくいぶん、与えられた場ではさらなる叡智のひらめきを見せます(2)。

大事なのは、女性にさまざまな状況で経験を積ませ、家庭の束縛から解放することである。

理性ある人間にとっては、経験豊富であることほど刺激的なことはありません(3)。

したがって両性のあいだの相違を決定づける性質はないが、教養、言い換えれば女子教育の欠如、そして男性に能力を発揮させるような豊富な体験が女性にはできないということが問題なのである。そのことは女性が大学に足を踏み入れられるようになったのが、クリスティーヌの時代よりもはるか後のことであったという事実を考えてみれば十分である。女性を無学のままにしておくのは、女性が「生来」劣っているということを理論化できるようにするためである。しかしクリスティーヌの父親のように、自分の娘に教育をほどこすという珍しいケースもあり、その成果は誰の目にも明白であった。

あらゆる男性、とりわけ教養人が、女性に十分な教育は必要ないという考えを共有しているわけではありません。あまり教育を受けていない者の多くが、そのように主張しているというのは事実です。彼らは、もし女性が自分たちよりも物事をよく知っているとしたら、さぞかしいらついたことでしょう(4)。

父親に敬意をあらわすという同じくだりでは、クリスティーヌは父が与えた「経験」に対し、母が難色を示したと語っている。

貴女の母親は、針仕事という女性ならではの役割に、貴女が専念してもらいたいと考えていましたが、これは貴女が子どもの頃には、学問を究めるのに大いなる妨げとなりました。[5]

したがって娘に教育をほどこそうというトンマーゾ・ダ・ピッツァーノの計画は、家庭内で躓いてしまった。クリスティーヌは自分の「宝」〔教養〕が保証する利益を意識して、女性が知識の世界に入ることを強く望んでいたのである。『女の都』で描写されているような非日常的風景は、そのすぐあとに書かれた『三つの徳の書、あるいは女の都の宝典』ではみられない。ふたつのテクスト、さらに言えば『女の都』とその前後に書かれた他の多くの作品とを比較すると、クリスティーヌには改革者と保守主義者という二つの人格が同時に具わっていることがわかる。

これら二つの作品以前に書かれた『オテアの書簡』のようなテクストは、「現状維持」を容認しているという点で、『女の都』とは対照的である。『女の都』で表明されている革新的な面は、『三つの徳の書』では失われているとも考えられる。つまり後者では、男女にそれぞれ異なる教育をほどこすという伝統的な立場との折り合いがみられるのである。そうなると、クリスティーヌは一種の逆行現象を起こしたのだろうか。[6] 彼女のこれまでの印象とはくい違うような人物像が浮かびあがってくるのだろうか。[7]

彼女の作品には、さまざまな文学的戦略が見てとれるが、世間を支配する女嫌い《ミソジニー》に反発するという点では一貫している(8)。彼女は『女の都』のように、女性について肯定的なイメージを提示する場合もあるし、言葉ではなく行動で、すなわち女性にどんな能力が具わっているかを示すことで、道徳的教訓を伝えることもある。つねに強調するのは、女性の尊厳である。

つまり『女の都』は、形式よりも本質において革新的な作品だとみなされるのに対し、『三つの徳の書』は懐古的とは言わないまでも、伝統を重んじた作品であると考えられる(9)。クリスティーヌは、全女性に賢明さと謙虚さ、規範を尊重し徳を実践することを勧めている。実際のところ、それは些細なことではない。というのは当時、女子教育を扱っている俗語テクストは少なく(10)、さらにあらゆる社会的状況の女性に教訓を与えるなどということは考えられなかったからである。例えば半世紀以上も前に書かれた『女性の立居振舞について』（一三一八―二〇年）において、著者は世俗の女性を対象としているが(11)、クリスティーヌがおこなったように、庶民や売春婦についてまでは考慮していない。

『三つの徳の書』は、指南書というよりも物語風のテクストであり、道徳的かつ歴史的な作品である。その意味をよく理解するには、これを『女の都』の続編、そして現実性という方針のもとに部分的に内容を易しくしたものだと考えなければならない。実用性が重視され、あまり一般論は語られていない。特異な「君主の鑑」として、ひとりの女性が女性のために編んだこの書は、マルグリット・ド・ブルゴーニュに献じられた(12)。

『女の都』を書き上げたばかりのクリスティーヌは疲れきっていたが（彼女自身の言によれば、作品の構想や執筆のためにすっかり消耗してしまい、何もせずにただ休みたいと考えていた）、『三つの徳の書』には、その前書きで、『女の都』の執筆に立ち合っていたのと同じ〈理性〉〈公正〉〈正義〉の三徳が登場する。三人はクリスティーヌに問いかける。いったいなぜ己の知性という道具を沈黙に引き渡してしまったのか、どうしてインクを乾かしたままにしておくのか、どうしてペンや、自分に多くの楽しみを与えてくれる右手の仕事を捨ててしまったのか、と。「おそらく貴女は、これまで十分に働いてきたのだから、少しぐらい休んでもよいのではと考えているのではありませんか。仕事を止めている時間などありませんよ」。最終的な勝利をおさめる前に、戦場を捨ててしまう騎士などいるわけがない。これは起きて怠惰を免れさせようという、決定的な誘いであった(13)。

この場面は、『三つの徳の書』写本挿絵のひとつに描かれている。クリスティーヌがベッドに横になって休んでいると、三人の婦人が早く仕事に戻るようにと催促にやってきて、そのうちの一人が彼女の腕をつかんでいる。[14] 女性に「女の都」に入る道を示すときが、まさしくやってきたのである。「ペンをとって書きなさい」。[15]

クリスティーヌはすぐに執筆を開始し、それから半年足らずの後、一四〇五年七月に『三つの徳の書』は完成した。[16] ムーラン・ルージュのガラスの牢獄に閉じこもり、三日三晩で小説を書き上げられることを自慢していたジョルジュ・シムノンのような記録ではないが、たしかに彼女は比類ない速筆の作家であった。

『三つの徳の書』は三部構成である。第一部は王女などの貴婦人、第二部は宮廷で暮らす女性、第三部は市民や庶民の女性、さらには娼婦までを対象としているが、そのうち第一のカテゴリーの女性に最も紙幅が割かれている。[17] とはいえ、この作品を最もよく読んだのは、市民以下の女性たちであった。

他の作品同様、『三つの徳の書』においても、例えばやもめ暮らしや老年に関する多くの考察に、個人的体験が見てとれる。一四〇五年、クリスティーヌは四〇歳となった。これは当時、老年の一歩手前とみなされる年代である。年長の女性と若い娘たちとの関わりというテーマに直面し、彼女はあらゆる時代の世代間の争いを調停しようとする真の賢者の道徳的思想を提示している[18]。この作品は実用を前提として書かれており、瑣末とも言えるほどの忠告が並べられている。王女に対しては、資産の使い道を提案し、一部を貧民にほどこし、一部を生活費として使い、家の内外の用事に割り当てるように勧める。さらには資産の約五分の一に相当する額を、衣服や宝石にあてるのを見越しておくことも忘れないようにと忠告している。気前の良さは必要だが、少なからず分別と賢明さが求められる。

またクリスティーヌは王女に対し、節度ある服装をと忠告し、奇抜な流行を避け、贅沢に流れないようにと勧めている[19]。ジャン・ド・マンが、媚態と虚飾にみちた恋人たちやばかげた流行を褒めそやす女たちを激しく攻撃していたことが思い出されよう。全女性の名誉を傷つけぬよう、真の罠からは逃れるべきである。「伝道の書」第七章一節に述べられているように、良い評判は良い香油にまさるものであり、クリスティーヌが女性のために取り戻そうとした名誉は、適切な身なりによっても勝ち取られたのである。

彼女は食についても中庸を勧め、あらゆるおこないについて、とりわけ賢明であることを求めている。賢明さが他の徳にもまして重要であることは、写本挿絵にもよくあらわされている。例えばボストン公立図書館所蔵の『三つの徳の書』写本挿絵では、画面左に執筆再開を催促しにやってきた三人の婦人のうちの一人に腕を引っぱられているクリスティーヌが、右には教壇に立つ〈賢明〉の教えに耳を傾けるさまざまな階層の女性の一団が描かれている[20]（図28）。このようにあらゆる主題のため、そして作品のあらゆる箇所において、女性は慎重で控えめ、かつ節度を保つべしという訓戒がなされている。

〈賢明〉は、臣下等との関わりをも説明せねばならない。城内で暮らす女性たちには、適切な時間に起床し、誰の助けも借りずに自分のウップランドを着用し、周囲のすべての人間が自分の仕事をきちんとこなしているかどうかを窓から見張るようにと勧めている。さらに職場を個人的に見回るようにとも忠告している[21]。先に触れた『ベリー公のいとも豪華なる時禱書』に描かれた男女は、それぞれの場所で己の仕事に没頭することを強いられているように見える[22]。

寡婦については大きくとりあげられている[23]。財産管理、さらには着こなし、適切な言葉遣い、たいていの場合、物事を賢明に運んでくれる沈黙についての忠告である。貴族ではなく一般のやもめについて語るとき、クリスティーヌは自分の個人的体験を実感を交えてとりあげる。つまり女性はしばしば腹黒い人びとに自分の財産を奪われるという試練に耐えていることを懸念し、慎ましく賢明でありつつも、己の権利を守り抜く断固とした態度が肝要だと言う。クリスティーヌが経験してきたとおり、自分の財産額を認めさせるために法廷に訴えざるを得ない女性たちには、その分野の専門家に頼ること、注意して慣例にしたがうこと、物事をおこなうにあたって十分な金をもつことという三点が必要不可欠である。若い寡婦に対しては、休息するようにと言っているが、クリスティーヌ自身は休むことなく、結婚生活が先延ばしにしてきた厳しい現実から逃げることはなかった。寡婦たちが世間の注目を集めれば、クリスティーヌは生活のために稼がねばならない女性——下女や小間使い——たちに少しでも目を向け、「誤った人生をおくる女性」たる娼婦を正道に引き戻そうとする。

中庸と賢明という特徴をもつ規則と行動は、あらゆる社会的状況にふさわしい。クリスティーヌは他のどこよりも宮廷について詳しかったが、商人の妻や娘のような、都市で暮らす女性についてもためらわず眼を向ける。こういった女性たちへの忠告の大半は、後述するように、着こなしに関するものである。

『女の都』に比べると、一見あまり重要ではなく、独創性にも欠ける『三つの徳の書』は、女性の読み物、さらには女性が収集するテクストが果たす実践的な機能のゆえに、当時は大成功をおさめた。アントワーヌ・ヴェラールによる初版が出されたのは、一四九七年のことであり、こ[24]れはシャルル八世妃アンヌ・ド・ブルターニュに献じられた。

一四七〇年代につくられた写本では、もうひとりの重要な女性、ギュイエンヌ公夫人マルグリット・ド・ブルゴーニュが、クリスティーヌから『女の都』とともに『三つの徳の書』を献呈される様子が描かれている。作品が世に出てから何十年も経ち、マルグリットもこの世を去ってすでに久しいという時期に(彼女は十五世紀前半に亡くなっている)、クリスティーヌの知識とマルグリットの庇護が交錯し、彼女らのおかげで他の女性たちが啓蒙されるという場面を描くことが求められた(図29)。マルグリットの五人の姉妹は、ヨーロッパのさまざまな地域に嫁いだらい、おそらくこの書を持参している。そのためこれは宮廷婦人に限らず多くの女性に読まれたということになり、クリスティーヌの意図の少なくとも一部は実現したのである。

女性の行動に貞節と節度を求めるという当時の習慣を、クリスティーヌもある程度共有していたことは間違いない。あらゆる階層の女性たちが管理している「宝」——ひとつでもなく多くでもない——について、彼女はしばしば言及している。女性の道徳的育成が宝であるように、彼女らの純潔も宝である。ところがクリスティーヌの場合、彼女の教養が宝なのである。「宝」ということばをより一般的な言い回しにすれば、商売に専念し、投資に注目する新しい社会階級の価値観を、想像以上にクリスティーヌはもちあわせていたと言える。特に市民階級の女性については、彼女らの家の内外での経済的な責任に問題が集中している。[25] 良き妻はこの方面で有能であるが、これについては商人あがりの物書きのみならず、広場でこのような議論に臆せず立ち向かっていた説教師たちがよく知っている。一四二四年にフィレンツェで説教活動をしていたベルナルディーノ・ダ・シエナは、女性のことを「財産……の監視役にして管理人」、夫の稼ぎの保管人、したがって「家の動産」の責任者であると語っている。[26]

俗人も聖職者も十三世紀から十四世紀にかけては年少者の教育に力を入れていたが、特に女子教育について関心を示した者としては、カタルーニャ人のフランシスコ会士で『女性についての書』の著者フランセスク・エイクシメニスから、「人間の四世代について」と題する論文を書いた法学者兼宮廷外交官フィリッポ・ダ・ノヴァーラまでが挙げられる。[27] 十四世紀の終わりには『メナジエ・ド・パリ』が書かれたが、これは富裕な教養あるかなり高齢の市民が、若い妻の教育のために構想した作品である。[28] 実際、彼は妻に死なれたあと、世の中のことも家政もほとんど知らない十五歳の少女と再婚した。市民階級の娘を対象とした彼のテクストは、三部構成となっており、第一部は道徳的・宗教的義務、第二部は家庭経営に役立つ実践的忠告、第三部は社会生活について述べられている。しかしこれらのテクストのどれも、クリスティーヌがおこなったように[29]、すべての社会的階層の女性に対して発信されたわけではない。彼女は夫、そして一般的に付き合いのある人びとに対する適切な態度を教えている。すでに指摘されているように、その忠告の大半は、衣服と振る舞いに関するものであった。

X　衣裳と評判

クリスティーヌの理論の概略は、彼女のような境遇にある女性は、もし良い評判を保ちたいならば、その身なりは一家の「地位《ステータス》」と調和したものでなくてはならないということである。控えめであることが望ましく、あまり着飾ってはならず、襟ぐりが深すぎてはならない。特にいかなる女性も己の身分から逸脱した高価な衣服や、父親や夫の身分よりも良いものを選んで身につけることはできない。このことは当時のメンタリティー、そして説教や奢侈禁止令の内容と一致している。(1)

十三世紀半ば以降、多くの国に一種の「衣服学」が広まった。これは社会的身分と着こなしの一致を義務づけるものである。このような理論は十三世紀後半に確立し、法律に支えられて効力を発揮した。活発な経済的取引が引き起こした重要な社会的変革のおかげで新たな富が生まれ、人びとは革、絹、ビロードを購入することができるようになった。一商人の妻が上流婦人の如く着飾り、格差を承知の上で、それを着衣であらわそうとする社会のなかに、不愉快で受け入れがたい混乱が生じたのである。奢侈禁止令の発布は十四世紀中に加速したが[2]、その要因としては、膨大な死者と社会状況の著しい変化をもたらしたペスト大流行も挙げられる。人口の二〇パーセントから六〇パーセントが失われたといわれる大災厄の結果、市場と多くの人びとの経済状態や社会的身分、さらには消費にも重大な変化が認められるようになった。そのような混乱のなか、上流階級への帰属をあらわすシンボルを不適切に我がものとすることを制限する法への反発が生じる。たしかに、昔ながらの静かで沈滞した伝統的世界を乗り越えようとする気運が存在していた[3]。一四二七年にベルナルディーノ・ダ・シエナがカンポ・デ・フィオーリで説教したさい、「さらに優美な服」と述べたような[4]、より高価で人気のある服に人びとが殺到するのを目の当たりにして、モラリストと法律制定者は結託した。それは贅沢を抑え、輸入を制限するためであったが、とりわけ社会的カテゴリーの格差を明確にし、乗り越えられぬものとすることを目指していた。

騎士や学士の家庭の女性たちは、上流階級の女性たちに比べ、さまざまな種類の華美なものを着ることができたし、またそうしなければならなかった。上流階級の女性たちはと言えば、中・下層階級の妻や娘などとは、ひと目で区別できるような姿をしていなければならなかったのである。都市周辺部《コンタード》の女性たちの服装は、さらに地味で慎ましいものであることが求められた。こういったことはすべて、在俗知識人たるクリスティーヌが明らかにしているように、違反者への罰則によって規制・公認されている。

先に触れた『三つの徳の書』写本挿絵では、(5)ベッドに横たわったクリスティーヌは、彼女に再び筆を執らせようと催促しにやってきた婦人たちを迎えており、さらに女性たちが〈賢明〉の講義に耳を傾けている。これら十一人の女性は、立ったり坐ったりして壇上の女性に教えを乞うている。優雅に着飾った者もいれば、白い亜麻布の頭巾をかぶるという、クリスティーヌと似た恰好をしている者もいる。彼女らは本文中で語られているさまざまな社会的カテゴリーに属しており、その服装から、それぞれの素性が見てとれる。〈賢明〉の両隣にいるのは、四人の王妃もしくは王女であり、あとはより低い階級の出身であることが、まさしくその服装から読みとれる。(6)

クリスティーヌは王女や貴婦人たちに対して、突飛な服や頭巾のような危険なものから、身も心も遠ざかるようにと勧めている。(7)彼女が言うには、公爵夫人は王妃のような服装をしてはならないし、伯爵夫人が公爵夫人のような恰好をしてもいけない。一般女性は伯爵夫人と容易に見分けがつかなくてはならないし、若い女性は年配の女性とは異なる着こなしでなければならない(8)。ところがクリスティーヌが書きとめている流行はそれとは異なり、男女共に分を弁えぬ高価な服を欲しがり、突飛な恰好をやめようとせず、最悪の例を示している。危険なのは社会の序列を混乱させること、またはそれほどではなくとも各々の立場をわかりにくくしたり、馬鹿げたものを身につけたりすることである。実際のところ、己の「地位」に合致しないような華美な服装の人間ほどグロテスクなものがまたとあろうか。同様にして十三世紀にジルベール・ド・トゥルネーは、女性に対する説教のなかで、衣服や化粧といった、女性の虚飾を槍玉に挙げている。曰く、若く見せようとして化粧をする老女は、自分が奪った綺麗な羽根をはぎとられ、まる裸になって馬鹿にされるカラスのようなものだ、と(9)。

クリスティーヌは、人間には現状に満足しないという、抑えがたい衝動があることを苦々しく認めている。誰もが王の如く振る舞いたいと望むが、不当な傲慢には、彼女の言葉を借りれば、神の罰が下される。行き過ぎと奇抜さの例としては、パリの仕立屋のケースがある。彼はひとりの「普通の」女性のために、一着のコタルディを仕立てたが、それにあたり五オーヌ（パリの一オーヌは、一一四センチメートルに相当するので、およそ六メートル）のブリュッセル産の上等の布を使用している。非難すべきは、このような布の大部分が、引きずるほどの長い裾や、地面に届くほどの大きな袖に仕立てられてしまうことである。本来は付属品であるはずの帽子が極端に大きくなったり、丈が高くなったりする。(10)これは当時の流行であったが、クリスティーヌはそれを認めず、不適切なものだとみなした。第一に「普通の」女性であることが問題だからであり、さらにそのような服装《ミーズ》は、彼女が考える最も教養のあるスタイル、そして容姿をあらわす黄金律を表現することとはかけ離れているからである。

クリスティーヌによれば、フランス女性はどこよりも急速に移り変わる流行を追い、他国で着られているのよりも価値のない服に金をかけるという。いっぽうイタリアでは、真珠をあしらい、金糸で縫い取りをして宝石をちりばめるような装飾がよくみられるが、流行が目まぐるしく変化するフランス女性の奇抜さとはまったく異なり、それは長い間着られ、次の世代にまで伝えられるものとなる。(11)実際わが国では、同じ服を母から娘へと伝えるのが常であり、一着の服の平均寿命はおよそ四〇年ほどであることが知られている。(12)おそらくフランスでも同じことが言えるだろうが、とかく「隣の芝生は青い」ものであり、昔も今も他国の流行はよく見えるのである。

したがってクリスティーヌは、注意深く現象を観察し、社会的な側面および経済面を考慮しつつ、比較によっても検証をおこなっている。社会的階級の低い女性をとりあげるときでも、衣服について気を遣っているが、それは彼女たちに過剰な出費や奇抜な流行を避けるようにと勧めるためである。まことの罪としての突飛な行動や見せびらかしは、悪しき例となったり嫉妬心を起こさせるからだけでなく、浪費につながるという理由からも避けられてきた(13)。あらゆる社会的状況で己の分を越えた着こなしがみられるという単純な事実は、女性に汚名を着せるのに十分である。ベルナルディーノ・ダ・シエナは民衆に対する説教のなかで、次のように言っている。「外見で、汝はその本質を知ることができる。……男性が服を着ているのが見えるように、中身も判断できる。そしてこれは女性についても言えるのだ(14)」。したがって良い評判を保ちたいと考える者は、着衣に慎ましさを保ち、大きすぎたり長過ぎたりせず、飾りが多すぎたり襟ぐりが深すぎたりしない、節度のあるものを身につけねばならなかった。女性はたとえ若くとも、思慮分別ほどに好ましいものはないのだから、控えめに振る舞わねばならない。控えめであることは衣服のみならず、食物や笑い方、話し方にも求められた。

その数十年前、公証人フランチェスコ・ダ・バルベリーノは、「美しい服やあらゆる装飾品を所持することは、女性にとって良いことである。しかし度を超えるのはよろしくない」と述べている。クリームや化粧品を非難したとしても、彼は流行を追うのが大好きな女性たちにいくぶん譲歩したつもりなのだが、奇抜な服装や高価な装飾品に対する女性の情熱は、公証人ダ・バルベリーノの譲歩の範囲を超えている。彼によれば、行き過ぎは、「過剰な装飾」のゆえに、「業火のなかで焼かれる」(15)ことになる危険性があるという。同じ頃、説教師たちは広場で本物の火を燃やしていた。頭巾や化粧品、引き裾を求める魂の代わりに、そういった品々を火にくべさせようとする「虚飾の焼却」である(16)。

フランチェスコ・ダ・バルベリーノの書では、行動のタイプを純潔さの度合いに応じて既婚者と娘、寡婦と修道女に分けていたが、クリスティーヌは既婚・未婚を区別することなく、王女などの貴婦人、宮廷で暮らす女性、市民や庶民の女性という三つの社会的カテゴリーを定めている。第三のカテゴリーの女性、特に商人の妻については、各々の「地位《ステータス》」を越えるものを着ないようにという要求を意図的に繰り返していた。実際のところ問題なのは、経済的に恵まれた女性がいたり、ヴェネツィア、ジェノヴァ、フィレンツェ、ルッカに比べ、パリでは豪奢に着飾ることが大好きな女性がいることなのである。パリでは多くの社会的カテゴリー間での競争が消費をふくれあがらせ、奇抜さを助長させることになった。自分が模範となりたいと考えていたクリスティーヌの第二の、そして愛する祖国フランスにとって、これは悲しむべきことである。フランス（現実にはクリスティーヌはパリについて語っているのだが）は、女性の礼儀正しい立居振舞のゆえに注目される国であるどころか、職人の町に住む妻は商人の妻のごとく、そして既婚女性は未婚女性のごとく着飾るような国なのである。つまりモードが絶えず移り変わるうちに、大混乱が起こった。[17] 大切な服の平均的な耐用年数を考えると、[18] 流行が目まぐるしく変わるのは、経済的な成り行きのためにもまた懸念されてきた。あまり値のはらない服でも、もしそれを頻繁に取り替えていれば、家計の収支にとってかなりの負担となる。節度をわきまえて服を着るようにという中小の商人の妻に対する忠告は、彼女らの魂の救済を考えてのものであるが、家族の物質的な豊かさを維持するためでもある。クリスティーヌ曰く、衣服に節操がないということは、夫にいっそう重税を課すようなものである。事実、奢侈禁止令は、贅沢をやめなかった者の損失に、さらなる税金を上乗せしている。[19] このように考えていくと、クリスティーヌの説がきわめて信頼できるものであることがわかる。

XI　教育のために

クリスティーヌは、個人および集団の再生が、教育によって実現すべきであると考えていた。女嫌い《ミソジニー》が蔓延し、騎士道は暴力の前にその価値を失い、寡婦の権利は踏みにじられ、忠義は過去の遺物となり、裏切りが日常茶飯事となるこの時代には、教育は緊急の課題であった。女性に任されていた家庭内の養育に始まり、若い世代に適切な教育をほどこせば、こういったことはすべてしだいに変化していくことであろう。個人的にクリスティーヌは「国家の」教育者、王侯貴顕の教師という役割を負っており、女性の価値と権威の証人となっている。

すでに示したように暴力が行動を左右し、学術的に証明された女嫌い《ミソジニー》が女性の尊厳を否定していた時代において、徳はクリスティーヌの概念体系の中核をなすものであった。クリスティーヌは、「単純で無知な女性」についての自分の考え方を古い思想と対比させ、女性が運良く教育を受けられれば、次世代に期待できると言う。彼女の著作のなかに新しい規則が書かれているわけではなく、それよりも彼女は規範と価値観を伝えることに専念している(1)。彼女にしたがえば、伝統的な規範と価値観を尊重すれば、物事は良くなるはずである。彼女は自分に与えられたことをしたのだが、当然のこととして全面的に保守的な立場であるというわけではない。クリスティーヌ曰く、役に立つのは規則の遵守と良き範例である。

当時の知識人たち、「君主の鑑」の著者たち、あるいは教育的な意図に動かされた者たちは、同じ水準、すなわち同じモラル上にある。これは単なる幻想ではない。「鑑」の執筆は、倫理的な論を政治論と結びつけるため、さらには地位を得ることがきわめて危険な時代に、なるべくリスクを冒さずに批評をおこなうための方法でもある。現状を改善するための示唆をもち、同時に自立できることを確信したい者には、教育は実用的な唯一の道である。

クリスティーヌの論には、つねに当時の出来事の痕跡があり、そして彼女の論は、そのような出来事にある程度の影響をあたえ、また少なくともそうしようとしてきた。ひとたび当時の複雑な政治的状況に割り込めば、そこに与することになる。クリスティーヌはどの派閥に属していたのだろうか。彼女がブルゴーニュ派であった可能性はある。というのもブルゴーニュのフィリップ豪胆公《ル・アルディ》は彼女の最初の重要な注文主であり、その息子ジャン無怖公《サン・プール》は、父からクリスティーヌへの庇護を受け継いだからである。すでに見てきたように、クリスティーヌはジャンとその娘マルグリットのためにも作品をいくつか書いている。(2) しかし、クリスティーヌが専らブルゴーニュ一門のために作品を執筆したのではないというのもまた事実である。彼女はベリー公、シャルル六世、その妻イザボー・ド・バヴィエールなどのために筆を執っており、さらには親交のあったルイ・ドルレアン公のためにも作品を書いている（図30-32）。ジャン無怖公《サン・プール》が一四〇七年十一月二三日にルイ・ドルレアンを暗殺させると、状況は一気に混乱に陥り、おそらくクリスティーヌにとっても生活が困難になったものと考えられる。敵方の人物に作品を献呈することは、彼女にとって破滅の危険をはらんでいたが、教育的な仕事が増えたこともあり、執筆活動を続ける妨げにはならなかった。

クリスティーヌは若者を念頭におき、彼らに無秩序かつ放埓な時代における規律や平和を教えている。道徳的な内容に加え、おそらくテクストの設定そのもののおかげで、彼女は闘争に巻き込まれずに済んだのである。理性、あるいは徳がどこから生じるのか、容易には理解できない。例えばジャン無怖公《サン・プール》は、否定的な目で見られることが多いが、おそらく実際は、政治について新しい考え方をもたらしただけなのである。その思想は扇動的、さらには「近代的」であり、貴族よりも民衆の支持を重要とみなすものであった。(3) ところがクリスティーヌは民衆の政治参加を非常に懸念していた。彼女は庶民の力を過小評価したりはせず、そのことは『政体の書』や『三つの徳の書』にも述べられているとおりである。従来の「鑑」が伝統的に上流階級しか考慮しておらず、またその教えは上流階級にしか向けられていないので、クリスティーヌの著作は例外的である。

教育的作品のおかげで、『女の都』と、『クリスティーヌの夢の書』や『オテアの書簡』のような彼女の他の作品とのあいだのつながりが理解できる。(4)

『クリスティーヌの夢の書』はジャン無怖公《サン・プール》のために書かれたもので、自伝的要素が強い。夫の死や、それに続く悲しみについて言及されている唯一の作品であり、「君主の鑑」と見なされるほど教育的価値が際立っている。(5) 彼女は一四〇五年、ジャンの父フィリップ・ド・ブルゴーニュの死後まもなく（彼は死の前年にクリスティーヌにシャルル五世伝を依頼していた）、この韻文作品を三部構成で書いた。クリスティーヌはフランス史における血腥い出来事を寓意的に語り、さらに〈哲学〉の婦人からもたらされる慰めについて話しつつ、真実の探求と保護のために、内省と学びへの愛を教えている。[6] この作品は、イタリア人文主義に特徴的な個人主義の渇望を予感させる。[7] しかしアレゴリーや異常なほど長く複雑なテクストのために、この作品は成功したとはいいがたく、そのことは今日まで伝わる写本の数がきわめて少ないという事実にあらわれている。不成功はさておき、この作品の目的は、救済の手段としてアレゴリーを解釈しようという意欲を読者にかきたてるというところにある。[8]

『クリスティーヌの夢の書』と同様、彼女の教育に対する熱意は、『長き研鑽の道の書』にも反映されている。作品の冒頭で、クーマのシビュラがクリスティーヌの前にあらわれ、彼女を旅に誘い、人類の悪の起源を彼女に示す（図33）。このような出現は、中世文学には馴染みのものであり、この場合はシビュラであるが、クリスティーヌの別の作品では〈理性〉〈公正〉〈正義〉であった。当時人気のあった書物――大グレゴリウス、ベーダ、アルクィン、ブルネット・ラティーニ、ペトラルカ、ボッカッチョの著作は、ヴィジョンの助けを借りて書かれている。これは作品に信憑性を与えるやり方であり、物語の仕掛け、擬人化もしくは幻影のかたちをとった思想表現である。

長い旅路の果てに、クリスティーヌとシビュラは、〈理性〉の宮廷にたどり着く。そこにはこの世を統べる四人の女王――〈叡智〉〈高貴〉〈騎士道〉〈富〉がいる。彼女らは、この世を平定することのできる絶対的な君主の特性というテーマについて議論を戦わせているが、意見が一致せず、この問題をフランス宮廷に送ることにする。シビュラは、クリスティーヌを使者にたてることを提案する。ここで現実に戻り、クリスティーヌは、彼女がまだ眠っていることに驚いた母親に起こされ、夢から覚める。『女の都』と同様、『長き研鑽の道の書』でも、現実をあらわして具体化し、彼女を起こして食卓につかせる役目を負っているのは母親なのである。[9] シビュラとクリスティーヌのあいだにある師弟関係には、教育的意図が働いている。ウェルギリウスがダンテを導いたようにシビュラはクリスティーヌを導き、クリスティーヌが自らの作品を捧げた人びとに対しておこなったように、自分の知識を分け与えている。[10] クリスティーヌは、当時のフランスではほとんど知られていなかったダンテの作品を知っていた。『クリスティーヌの夢の書』冒頭には、『神曲』の影響が垣間見える。

わが巡礼の歩みの半ばを過ぎたある日の夕べ、わたしは長い道のりに疲れきって休息を求めた。[11]

子どもたちの教育は伝統的に女性に任されていたが、これは知的というよりも道徳的な仕事だと考えられていたからである。九世紀にドゥオダは、行政長官として宮廷に派遣された十六歳の息子ウィルヘルムスを養育するためのマニュアルを書いた。彼女の『手引書』は、中世全体を通して、ひとりの女性によって書かれた数少ないテクストの一つとなっている。[12] クリスティーヌはドゥオダよりもさらに一歩進んで、息子の教育の他に未来の政治家、当時危機的状況にあった徳性を回復させることを託された人びとのために執筆している。これはフランスの将来において、無視できない部分を担っていると考えられる女性たちも活躍できる教育的プログラムである。

クリスティーヌは息子のことを考えて『わが息子ジャン・ド・カステルに与える道徳的教訓』を書いた。これは文学作品や古典から引用した忠告を集め、さらにこれに個人的に付言した長詩である。最もよく引用されるハーレイ四四三一番写本の挿絵には、机に向かって本を開き、左手を上げるクリスティーヌが、前に立っている息子に教訓を与えているとおぼしき様子が描かれている（図34）。一三九七年、十三歳の息子はソールズベリー伯に同行してイングランドに渡ったが、伯は一四〇〇年に暗殺され、若者の先行きは不透明になった。クリスティーヌは息子をルイ・ドルレアンのもとにやろうとしたが、これもうまくいかず、結局彼は親と同じく公証人として王に仕えることとなった。ジャンはやがてパリ市民の娘と結婚し、三人の子に恵まれ、母親の死に先立って逝った(13)。

先にも述べたように、クリスティーヌの教育的熱意は、責任ある役職に就くことになっている若者を教育するための作品や女性向けの作品のみならず、例えばシャルル五世の生涯と事績を再構築するというような、さまざまな目的をもつテクストにもあらわれている。シャルル五世の人生を通して、理想の王、そして君主の手本をつくりあげるという難しい役目をひとりの女性が負ったということを、どうして考えずにいられるだろうか。オルレアンとブルゴーニュの公爵同士の権力争いが続いていたこの当時には、これはあからさまにプロパガンダ的なものを含む行為であったが、これにクリスティーヌが抜擢されたことは、その能力が認められたということであるとともに、女性にとっては疑いなく記念碑的な意味をもつことでもあった。クリスティーヌはシャルル五世をフランス王の手本としたが、そのフランスでは、政府に期待される責任から、とりわけフランス王太子であるギュイエンヌ公爵ルイの教育を計画してきた(14)。この教育的な色合いの強いテクストにおいては(15)、歴史的再構築と理論的思想とのあいだの革新的な結びつきのなかで、さまざまな論述的原理が交錯している(16)。帝王教育を再提案しつつ、クリスティーヌは君主制の役割について語り、王の立脚する政治的体制や「統治の技」——いつの時代も、そしてこの当時も難しい技術——に関するすべてをより全般的に分析している。彼女の望む君主は、独占的に権力を集中化させ、あらゆるタイプの逆境に立ち向かうことのできる人物である。思慮深く、賢明で、学識豊かなヴァロワ家のシャルル五世は、まさしく理想的な王であった。当時の他の思想家と同じく、クリスティーヌもまた、秩序と平和は王の道徳的知性によって決まると考えていた。理論家にとっては、権力の行使は信頼と道徳の問題であるのと同じく、理性と学問の問題であった(17)。

良き王に必要不可欠な道徳的素質に関する論は、知識への愛、教育、認識の促進と思慮分別が一体となるとき、具体化する。王に必要なもうひとつの徳である賢明さは、クリスティーヌによれば、民衆に幸福をもたらすべく、より適切な措置をとることにある。大事なのは、規則の公布と集団生活の必要性とのあいだのバランスに作用する徳である。聖書では四枢要徳のひとつである賢明は、アリストテレスの『倫理学』がラテン語訳されてからは、中世の政治思想によって、政府の人間に必要欠くべからざる資質の一つとみなされるようになった(18)。賢明さが求めるのは、王がおべっか使いではなく、有能な協力者に恵まれ、彼と同じく知を愛する賢者たちに囲まれることである。慎重な統治者、そして賢明な立法者であったシャルル五世は、繁栄と幸福、正義と平和をもたらしうる理想的な王として、クリスティーヌに讃えられた。

クリスティーヌが気にかけていた王太子は、まだ子どもであったものの、実際に統治をおこなっていた。王は一四〇八年にはすでに、自分と妻イザボー・ド・バヴィエールの不在時における決定権を息子に譲り渡していた。一四一二年七月十四日のオセールの和の後、クリスティーヌは多忙をきわめる王太子のために『平和の書』を書いた。クリスティーヌは彼の行いを支え、教育的であると同時に政治的でもある熱意をもって、彼が逸脱した行動をとらないように助言したのである。

女性を「欠陥のある男性」(vir occasionatus) とみなすアリストテレスの女性観に対抗し、キリスト教文学の最も偉大なモラリストの一人に数え上げられることもあるクリスティーヌは[19]、問題を避けて通ることなく、百ページあまりも費やして直接あるいは間接的に論じている。彼女の作品は、女性の知恵や良識、能力が知的にも道徳的にも男性と同レベルであることを示すことで、古い概念を克服することに貢献したが、それを殊更に主張したり反論したりすることはなかった。それは息子の教育のために自分でつくったマニュアルを「小冊子」と呼び、自分の才能も知性も貧しいと告白するドゥオダも[20]、そして戦争や平和について書きながらも、自分を慎ましい女性と述べるクリスティーヌ自身も同じである。事実、その慎ましい女性は、自らの素質や個人的・社会的立場の弱さをも自覚している完璧な知識人であった。慎ましくも誇り高い保守主義者で、同時に革新的でもある。

この矛盾はひとつの特徴をはっきりと示している。女性の役割について伝統的な立場をとっていたのに、執筆を生業とする女性となったという事実は、それ自体は革新的でもなかった作品を革新的なものとした。活躍の場は危険にみちており、議論の中心を政治的なものから教育的なものに移行することが望まれたが、実際は若者の教育に方向転換することにより、行動しにくく賢明さを要する世界を次世代にゆだねる大人たちについて語っていたのである。クリスティーヌと同じく、女性も、宮廷や教会ではなく「中間の」社会に属する者たちも、この賢明さを頼りにしなければならなかった。

当時評判が高い重要な知識人として認められていたクリスティーヌの存在は、国外にまで知れわたって各宮廷の羨望の的となり、女性の能力がきわめて低いとする考え方を否定した。彼女は、女性についてのさまざまな考え方を徹底的に教えながら、若者の育成に直接目標を定めている。彼女にはあり余るほどの教える力がそなわっていたが、これはおそらく、彼女の「型にはまらない」という特性を、子どもの教育に責任をもつ女性ならではの「典型的な」役割と結びつけるためであった。クリスティーヌの場合、教育の対象は限られており、彼女の手がけた膨大な教育的作品、そして王や公爵の子弟のような特別に重要な人物のためにほかならなかった。教育的段階から政治的段階へと踏み出すのも、必然のことであった。とはいえ平和と同様、女嫌い《ミソジニー》の克服を教えることは、政治思想をまとめられる能力があることを前提としている。

XII　戦争と平和

クリスティーヌの活動時期は、百年戦争、及び教会大分裂《シスマ》で問題がさらに複雑化した不幸な時代であり、そのため平和が強く求められた。ブルゴーニュ派とアルマニャック派とに分裂したフランス王国内部では、統一が急務であった。当時の君主制にあたるものを追求するには、国家についての判断力が欠かせない。規則やその遵守、そして国家体制の構成員のあいだの違いを認識することも必要である。困窮するフランスを救うためには、勇気と犠牲的精神が不可欠である。クリスティーヌだけがこういった必要性を唱えていたわけではないが、そのすべてが彼女の作品に反映されており、政治に関する彼女の著作はその思想全体をあらわしている。

　クリスティーヌが政治思想をもちあわせていたかどうかが問われるところであるが(1)、政治的な思索なくして君主や平和、騎士道を語ることができるだろうか。おそらくわれわれは、もっと正確にそのような思想のオリジナリティについて調べることができるだろう。しかし興味深いことに、思想のオリジナリティという神話はきわめて現代的なもので、過去の思想家に対するある種の軽蔑、そして個性を強調する必要性と本質的に結びついている。さらにその個性は新しい理論――逆説的で長続きしないかもしれないが――へとつながっている。このすべてが中世に一般的であった感覚や、当時認められていた価値体系と合致するわけではない。この時代にも当然革新的な動きはあったのだが、その新しいものを伝統というマントの下に隠していたのである。伝統とは、時間や数多くの人びとの重みで価値を与え、保証してくれるものである。重要なことを何か言うためには、創作したり、革新家であると公言することは不要であり、状況に最も適したことを選びながら、すでに言われていることに、良い秩序、というよりも新しい秩序を与えれば十分であった。クリスティーヌが『賢明王シャルル五世の武勲と善行の書』で述べたように(2)、良き建築家は建築に使う石を自分で加工し、考えていた計画を実現すべく適切にそれらを使っている。これがクリスティーヌの仕事の流儀であり、例えば彼女の利用した資料を分析することで、彼女の政治思想をたどることができる。

それを容易にわからせてくれるのは、『女の都』である。そのタイトルは、政治面をも含めた中世の思想に多大な影響を与えたアウグスティヌスの『神の都』を反映したものである。『神の都』は多くの読者を獲得して高く評価され、十四世紀には五六、十五世紀には九九もの写本が確認されている。アウグスティヌスの思想はクリスティーヌにも、彼女と同時代の知識人フィリップ・ド・メジエールにも影響をあたえたが、それは天上の都市と地上の都市が、分かれてはいるにせよ強く結びついているという考え方を発展させたものである。二つの都市の相互関係は、平和時に神の意志と力が示す調和と秩序であらわされる。ダンテも扱ったテーマである秩序と平和は、クリスティーヌの政治論議の中核をなしており、精神力や教皇権に重きをおく他の思想家と異なっている。

クリスティーヌが政治思想を明らかにしている作品は多く、フランスのあり方や役割、より一般的には社会について、事例を通して行動形態を示唆しつつ語っている。そのことはシャルル五世伝においても、恐るべき百年戦争のクライマックスで書かれた『平和の書』でも同様である。(3)

フランスと、その領臣のうちでも最も力のあるアキテーヌ公爵あるいはイングランド王とのあいだの争いは、異なる司法の伝統――ひとつは慣習法と地方自治権、もうひとつはローマ法に基づく、より中央集権的な伝統――をもつ二つの領域を巻き添えにした。(4) このような争いのなか、パリの中央集権的政治は、自治権を切望する地方君主たちと衝突する。パリの政治が問題となるとき、それは君主の事績と権力を暗示している。十四世紀後半には、フランスを首都パリと地理的に結びつけるという考えはなく、議論の対象は君主制の権力であった。例えばニコラ・オレームによれば、公共善のためには、王は臣下の同意なしに貨幣価値を変えることはできない(5)。きわめて影響力のあるフランスの神学者にして数学者、哲学者でもあるオレームは、クリスティーヌが二十歳くらいのときに亡くなっているが、シャルル五世の依頼でアリストテレスの『倫理学』と『政治学』の仏訳をおこない、その政治思想の特色を挙げて翻訳に註解をつけた。彼は、君主制は望ましい政体であるが、その権力は法によって制限されると考えていた。この法は君主自体ではなく、多数派、もしくは有力派閥がつくるものである。オレームによれば、そのような多数派とは、公的な権威と重要な市民の総体である。王が領民全体よりも権力をもたぬことから、相対的に民主的な立場におかれることはよくある。まさしく王の権力に限界があるという事実を専制政治によって保証していたのである。

オレームがこのような説を展開していたのは、クリスティーヌが自らの思想を形成していた時期である。その頃、多くの者がシャルル五世の周辺に群がり、彼に媚びへつらっていた。クリスティーヌもそのような人びとのなかにいたわけであるが、シャルル五世が亡くなってしまうと、その後継者たちに彼女は敬意を払った。オレームと同じく君主制擁護者であったクリスティーヌは、王位継承について賛意を示したが、オレーム自身はそのような継承が王国の占有という考え方につながるものだと考えた(6)。

『政体の書』は、古くから知られていた政治的共同体を人体に喩えるというやり方を思い起こさせるタイトルで、内容はジョン・オブ・ソールズベリーの『ポリクラティクス』風であり、君主制の擁護――王は政体の首長である――や下層階級に対する懸念に満ちている。この下層階級については、公共善の上では必要な存在だが、政治に直接参加してはならないというのがクリスティーヌの考え方である。カボシュの名で知られるシモン・ル・クートゥリエは、ノートル・ダム寺院前で牛の胃袋を売っていた女と皮剥ぎ職人とのあいだの息子であり、牛や羊の頭を切って内臓を売っていたが、拷問や虐殺にはやる男たちの頭目として、パリの人びとを恐怖に陥れた。この事件は一四〇七年のジャン無怖公《サン・プール》によるルイ・ドルレアン暗殺後のことで、一四一三年春のアルマニャック派虐殺をもたらした(7)。

一四〇七年の恐るべき事件は、何よりも専制政治論と結びついている。穏健な権力を好むオレームは、結局のところ自分が専制政治に賛同してしまっているのではと懸念した。この背景には、専制君主を自称するルイ・ドルレアンの暗殺を正当化しようとしている人物の存在があった。パリ大学教授ジャン・プティは、多くの学者と共にこのような主張を支持していた。学者が表明する政治思想は限られており、保身のために意見を覆して殺人者に同意することを見ても、大学の力と威信には並々ならぬものがある。「女性論争」のときのように、大学機関は大衆の意見を支配していたが、クリスティーヌは女性観とルイ・ドルレアン暗殺に関しては、大勢に順応しなかった。彼女は他の文化人と比べると、決して従順であるとは言えなかったのである。

ルイが暗殺されたとき、クリスティーヌは『女の都』を書き上げ、引き続き『政体の書』にとりかかっていた。ルイの息子シャルル・ドルレアンは、父の殺害に関する裁きを求めて王や大学、パリの住民に訴えたが、それは彼女が『軍務と騎士道の書』を書き進めていた時期にあたる。一四一一年に入ると、政治の場に皮剥ぎ職人、皮なめし職人、肉屋の少年がどっとなだれ込んでくる。このような貧民をすべてクリスティーヌは恐れたが、ジョン・ウィクリフは彼らをまったく違った目で眺めていた。

このふたりはほぼ同時代人である。ウィクリフは一三八四年に亡くなったが、彼はその生涯で説教師やロラード派を通じて教会改革に全力を注ぎ、民衆に働きかけた。このことから、十四世紀から十五世紀にかけてイングランドとフランスに暴動と混乱を巻き起こした民衆の動きの発展には、ウィクリフに負うところが大きいと言える。イタリアでもこの種の反乱は多かった(8)。同じ頃フィレンツェでは、チョンピ、すなわち毛織物のアルテの賃金労働者たちが、独自のアルテの形成(9)と政治への参加を要求し、街を焼き払った。クリスティーヌの時代に広まっていた政治的理念は、彼女がもちあわせなかった平等主義的立場をも含んでいたと言える。クリスティーヌの平等に対する姿勢は『三つの徳の書』にもうかがえるが、そこでは社会的カテゴリーのあいだの違い、美的感覚の差によって生じる違いが理論化されている。

クリスティーヌは、最後の政治的作品である『平和の書』において、平和というテーマに直面した。これは若い王太子に平和の心を育ませようとして書いたものである。したがって積極的な政治的義務を問題としており、これが『ジャンヌ・ダルク讃歌』と異なるところである。『ジャンヌ・ダルク讃歌』は、彼女が最晩年に手がけた作品で、ジャンヌ・ダルクの「奇跡的な」功績をとりあげている。『讃歌』は政治を語っているが、政治的な作品ではない。いっぽうのオセールの和ののちに書かれた『平和の書』には、指導者層に善政を教えるという、明白な試みがみられる。[10] この背景には、王が病のため政務を執れずにいるあいだに起こった、ブルゴーニュとオルレアンとの血で血を洗う権力闘争がある。これはつかの間のオセールの和に続く、激しい戦いであった。

百年戦争の最中、ブルゴーニュ公は、イングランド王と良好な関係を保っていたが、アルマニャック派はさらにイングランドの支持を得るべく、王にアキテーヌ公国全土を約した。これはブルゴーニュ公にとって王国の守護をかってでるきっかけとなり、反乱を鎮圧するようにシャルル六世と王太子を説得した。一四一二年五月、王と王太子は、ジャン無怖《サン・プール》公の軍隊とともに、ベリー公領の中心都市ブールジュを包囲した。二か月後、戦闘は和睦交渉のため中断し、八月にオセールで条約が結ばれた。[11] この脆弱な平和を、クリスティーヌは『平和の書』第一部で讃美している。今日のいわば「インスタント・ブック」である『平和の書』は、平和への願いと希望に満ちたもので、王太子の教育にある程度役立っている。周囲の状況も顧みず、クリスティーヌはいま一度、信じられないほどの楽天家になったのである。彼女は教育学に頼り、教育が徳性をもたらしうると信じていた。

ところが状況は好転するどころか、悪化の一途をたどり、カボシュと精肉組合を先頭に、民衆がパリへとなだれ込んできた。王は一時的に正気に戻り、和睦を試みた。反逆者を満足させるべく、いわゆる「カボシャン条例」が出されたが、これは失敗に終わる。さらなる暴力事件、条例の取り下げ、平和な時期と移り変わるなかで、クリスティーヌは一四一三年秋に『平和の書』を再開し、劇的な事件の合間に執筆を続けた。パリを血の海に沈めた革命の恐怖は、本書の第二部および第三部によくあらわれている。英仏百年戦争、そしてブルゴーニュ派とアルマニャック派との衝突の日々は、民衆の暴力という恐るべき経験と結びついており、これはクリスティーヌの周辺で反民衆の感情を強くかき立てた。このことについては、彼女の著作が証言となる。(12) ベリー公に書物を献呈してから数か月後の一四一四年二月、合意に向けての交渉が始まったが、一年後、イングランド王ヘンリー五世の提示する条件をフランス人は拒絶し、イングランド王は戦争を選択した。一四一五年十月二五日、フランスはアザンクールの戦いに敗れ、その二年後、ブルゴーニュ公は恐るべき大虐殺のなか、パリをアルマニャック派から解放することに成功する。クリスティーヌは自らの無力さにうちひしがれ、一四一八年、ポワシーの修道院に隠棲することになる。

平和を達成し、それを維持しなければならないということは、クリスティーヌの政治論全体、とりわけ『平和の書』において、顕著にみられるテーマである。この書は、特に君主制国家において平和を探求する過程が分析された初の作品だと考えられている。[13] 戦争と平和の原因と状況に関しては、系統的な研究史も、戦争に対処するはっきりした見解もない時代に、これは画期的なことであった。平和を求める声が少なくか細いものであった頃、反戦の動きは、教会制度の周縁にある者たちや異端者によって最大限維持されてきた。カタリ派は戦争反対の立場をとり、いかなる戦争であれ、キリスト教徒をひとりでも殺した者は罪人であるとした。ウィクリフは、戦争や彼が「民衆の虐殺と地上の破壊」と定義してきた十字軍を非難している。彼から影響を受けたロラード派の人びとは、福音書とは相いれない戦争を拒否している。[14]

『平和の書』は、そのタイトルと内容にもかかわらず、有名な「ザ・ガーランド・ライブラリー・オブ・ウォー・アンド・ピース」シリーズ全三二八タイトルに含まれていない。ところがこのシリーズには、クリスティーヌの同時代人オノレ・ボネの作品──クリスティーヌの作品よりは明らかに意義深いものであると考えられる──は収められている。それでもボネと同様、クリスティーヌ・ド・ピザンにも、国際法のいくつかの鍵となる概念と基本原理の先触れを見る者もいる。[15]

これより前の一四一〇年にクリスティーヌが執筆した『軍務と騎士道の書』には、平和については触れられていないが、戦争に関する言及はある。ここでは戦争の原因、手順、法則が分析されており、戦争を避けがたいものだと考えていたボネと比べると、より世俗的かつ悲観的ではない見解が述べられている。ボネと同じくクリスティーヌも、神がお望みになった懲罰というのではないが、合法的な戦争もあるということを認めてはいる。そしてこれまたボネ同様、戦争に個人的な権利は通用せず、君主のみが権限をもち、また制限を受けると考えていた。これは二面性があり、そして不要な矛盾がみられる考え方である。つまり戦争とは正当化され、望まれるものでさえあるが、他方では憎むべきものなのである。[16] クリスティーヌは戦争を避けがたい悪であるとは考えておらず、秩序や正義を保証し、君主や民衆にその価値を教え込むことにより、平和をもたらす機会があると信じていた。

彼女は平和のために具体的に行動を起こしてもいる。例えば一四〇五年の『王妃への書簡』[17]では、シャルル六世妃イザボーに、ブルゴーニュ―オルレアンの危機を乗り越えるために働きかけるよう説得し、一四一〇年には、戦争終結を願い、ベリー公に訴えたりもしている。[18]『王妃への書簡』のなかで、クリスティーヌは大胆にも王妃に向かって、家屋と家族を破壊する戦争の最初の被害者は、女性にほかならないと説いている。[19] ここで注目すべきは、ドラマティックな訴えであり、そして王妃とフランスの全女性の立場での特別な呼びかけである。『三つの徳の書』では、高貴な女性たちに和解調停の役割がゆだねられたと述べられている。

クリスティーヌによれば、平和は実現可能であり、よりよい状況で指示を受ければ達成できるものである。彼女に平和主義者の先達という側面を見たいと望む現代の読者は、おそらく失望させられるだろう。先に述べたように、彼女は戦争を憎むと同時に、アウグスティヌスからトマス・アクィナスまでが支持していた「正当な」戦争という古い理念を有していたからである。[20] 戦争は、もし不正に対してであれば、特に地上の神の代理人である王の権威のもとにおこなわれるのであれば、正当である。百年戦争のように、国から奪われたものを取り戻すのであれば、それは正しい。おそらくクリスティーヌの父親の知人であり、彼女自身も知っていた法律家ジョヴァンニ・ダ・レニャーノから得た影響は大きかった。それにひきかえ、権利を持たぬ者、例えば民衆の起こした戦争は不正なのである。[21]

クリスティーヌは軍事産業の必要性を認め、特に平和の前提と結果とみなされていた秩序を尊重する騎士制度が重要であると考えていた。平和の維持には戦争が必要なケースもあるという、ほとんど逆説的と思えることも書いている。すなわち戦争をする前にはよく考えるべきだが、時として戦ってしまう。(22) けっして議論をやめないという考え方こそが大事なのである。「否、つねに否である。危険な場所では、いかなる軍事力を行使することも、児戯に等しい」。これは近年のイラク戦争についても言えることである。(23) 論争が続き、クリスティーヌがもっと有名であったとしたら、彼女の考え方が排除されることはなかったであろう。

彼女のおよそ一世紀後に登場したエラスムスもまた、戦争の危険性と平和の恩恵を説き、これまたクリスティーヌと同様に、教育の力を信じていた。(24) ところがクリスティーヌは彼とは異なり、君主制に対して否定的な見解を示すことはなく、またそうすることもできなかったであろう。彼女は生粋の宮廷人ではないとしても、死ぬまで宮廷作家として生きた人間なのである。

彼女の思想とオノレ・ボネやジャン・ジェルソン、さらにはマキャヴェッリやエラスムスにいたるまでの思想とのあいだに関連を見いだそうとすれば、当時彼女の思想が正当とされていただけでなく、この一女性にも発想と先見の明があり、一世紀以上ものあいだに生じた政治思想の発展に彼女が寄与していたのがわかる。クリスティーヌは先駆者中の先駆者であったために、強要されたわけではないが、政治分野でも革新的思想を表明しなければならず、そしてその思想は彼女の時代を超えてなお、影響力をもち続けた。

クリスティーヌは政治については控えめに（単純で無知な者のように）[25]、しかし自分に関わりがあるかのように情熱的に語る。「くだらない」人間に知識を伝えるのではなく、批判的な立場を強調する知識人として権威をもって語っている。このことは注目に値する。己の弱さを自覚し、女性として、そして社会的経済的に打撃を受けやすい存在として外の世界に出て行こうとするのではなく、賢明さを勧め、教育の価値を主張するために経験を役立てようとした。教育は、さほど生まれの良いわけではないか弱い立場の女性であるクリスティーヌを、有力者の対話者、公然たる知識人とした。如才なく立ち回れる彼女は、われわれに近い存在だと言える。そしてクリスティーヌ自身の歩みは、彼女の政治思想と少なくとも一部は結びつく。すなわち教育をまず第一とし、個人の熱意が不可欠であり、賢明さが勧められるというものである。

『軍務と騎士道の書』では、彼女は平和よりも戦争というテーマのほうに取り組んでいる。クリスティーヌ自身が序論で述べているように、軍事的な問題に限られており、女性にとっては非常に珍しい題材である。ここでは王太子ルイ・ド・ギュイエンヌの教育をも念頭において、戦法や捕虜の処遇が論じられており、戦時にも規範を尊重することが勧められている[26]。当時、本作品は大成功をおさめた。

この書の編纂にあたっては、古代から中世の諸文献、すなわちウェゲティウスからウァレリウス・マクシムス、フロンティヌスからジョヴァンニ・ダ・レニャーノまでに基づいているが、それらはシャルル六世に献じられたオノレ・ボネの『戦いの樹』からの孫引きである。クリスティーヌは自分の作品をボネとの議論形式にし、彼とは異なる観点を主張したりしている。

ここでは、軍事関連のテクストにおいては必ず触れなければならない騎士と騎士道について、明確に語られている。もともと『軍務と騎士道の書』は、ひとりの騎士の教育のために書かれた。このように騎士教育を目指す姿勢は、初期作品のひとつ『オテアの書簡』にもすでにみられ、そしてシャルル五世伝第二部では、まさしく良き騎士の徳について述べられている。『長き研鑽の道の書』でも、「著者の述べるところにしたがって良き騎士がもつべき要件」という章タイトルが示すとおり、騎士教育が扱われている。テーマや論題は、別のテクストからの使い回しであることが多いが、『軍務と騎士道の書』第三および第四の書には、彼女の創作において「唯一のもの」である箇所がみられる。これら二書では、クリスティーヌは戦争に関わる特別な決まり事——休戦、通行証、報復——を分析して国際法の作成を意義あるものとしており、これは女性による唯一の貢献となった(27)。

国際関係上、重要な慣例ともなっている報復は、中世の法学ではよく論じられており、ジョヴァンニ・ダ・レニャーノやバルトロ・ダ・サッソフェッラートもこれを扱ってきた。クリスティーヌはそのような典拠を知ったうえで、報復が正当なものであるかどうかを、一三八六年から一三九九年にかけてフランス宮廷に仕えたオノレ・ボネに問いかけている。彼によれば、報復は特別なケースのみ、そして王が認可した場合には許されるという。例えばパリの一商人がフィレンツェ商人に借りがある場合、パリの別の商人、あるいは市民が債務者の代わりに刑務所送りになることは、一般には正当化されない。しかし王は報復を許可できるし、都市も報復の書簡を送り、それを市民の権威で正当化させることが可能である。都市には宣戦布告する権利が認められてもいた。新たな問題、未発表のものは見あたらないが、テクストの発想、及び複数の資料に依拠したおかげで、この論は部分的ではあるが好意的に迎えられた。クリスティーヌの扱ってきたジャンルが、この書の受容にネガティヴに作用しなかったことはたしかであり、軍事産業という非常に実践的な分野に情報と規範を提供できる最良の概論であるとみなされた。『軍務と騎士道の書』の一部は、今日にいたるまで女性によって書かれた唯一の、しかも最も有名で完全な作品として長く伝えられている紋章学の小論となっている。(28)

イングランドの軍勢がパリに歩を進めていた折、これと並行して、クリスティーヌは別の政治的なテクストである『フランスの諸悪についての嘆き』に取り組んでいた。作品のなかで彼女は、敵に立ち向かうようにとフランスを鼓舞している。ここに、愛国者クリスティーヌというイメージが浮かび上がるが、彼女はさまざまな事件が起こるうちに、フランスへの愛という名のもとに決起を促すべくアレゴリーやメタファーを捨て去っている。彼女がイタリア人であるとしても、フランスへの愛は強く誠実であった。君主制に対する忠誠心は、当時のフランスで生まれた愛国主義を特徴づける要素のひとつであり、これはクリスティーヌの全作品を通じてみられる(29)。

『政体の書』(一四〇六―〇七年)においても平和が扱われているが、その達成と維持のため、あらゆる社会の構成員が己の地位を守り、また各々にその尊厳が認められることが必要である。頭、四肢、胴ということばや概念が、『政体の書』では政治の世界に適用されており、ジョン・オブ・ソールズベリーの『ポリクラティクス』を思い起こさせる。この『ポリクラティクス』も同じく身体のメタファーを用いているが、こちらはプルタルコスにさかのぼる。クリスティーヌとジョンの作品は、どちらも君主教育のために書かれているという点で共通している。しかしふたりのメタファーの使い方を検討してみると、クリスティーヌはさまざまな物事を説明するためにジョンの図式を手段として用いている。対象としている読者も違えば、両著者の意図も異なっている。結局のところクリスティーヌは王とその周辺という、限られた環境を念頭においているのであり、いっぽうのジョンは高位聖職者から管理者までをも含む、より広いサークルに向かって語りかけている。ジョンは「官僚的な」宮廷のために執筆する作家で、政治的実践と道徳哲学とを両立させようとしていたが、危機の時代に作家活動を続けていたクリスティーヌのほうは、たとえ彼女が本当に王と特別に話し合うことができる間柄だったとしても、異なる社会的カテゴリーに訴えかけざるをえなかった。こういった重苦しい時代であったために、クリスティーヌは対象とする範囲を狭め、王や、王国を分割していた王弟たちに直接語りかけた。専制政治に関するあらゆる議論は、犠牲者を出すという最も明白なかたちで、劇的に現実のものとなった。君主教育は直近、そして将来的にも必須であり、ジョン・オブ・ソールズベリーよりもクリスティーヌにとって急を要することであった。ジョンはクリスティーヌと違って、聖職者の役割を高く評価した。しかしクリスティーヌが彼と最も大きく異なる点は[30]、彼女の作品に特徴的にみられる実践的な面を明らかにし、あらゆる社会的カテゴリーの政治責任を強調しているということである。ジョンは裁判における慣例の意義を主張し、規律と制度を頼みとしていたが、クリスティーヌは危機の時代にあって、災厄を避けるために行動するよう、人びとに訴えかけている。

XIII　注文主、受取人、そして読者

クリスティーヌの作品の成功は、それを書いたのがひとりの女性であるという事実に原因があるのかどうか、そして作品を発注して入手するうちに、この事実に好奇心をかきたてられたことが、重要な意味をもつことになったかどうかが、われわれにとって問題となる。当時クリスティーヌは、興味深いさまざまな反応が生じてくることを考慮して、「並はずれたもの《フェノーメノ》」をつくりあげていた。王国の有力者たちは、これがまことに特異な事例でもあるので、彼女を保護し、尊重した。彼らは象や小人に囲まれて暮らしたがるように、この特異な女性の作品を所有したいと考えたのである。こうして彼女は頭角をあらわしたが、学者たちには、彼女に対する好奇心は少なく、敵意をみなぎらせていた。

クリスティーヌに関して言えば、作者が女性であるという事実が、己の作品が成功したひとつ

の要因であることをよく自覚していた。「わたしの作品の品格よりも」——と彼女は『クリスティーヌの夢の書』において述懐する——「ひとりの女性がこれを書き上げたという尋常ならざる事実が、わたしの論を世に広めたのである」。

思うに、作品の品格のためというよりも、これまでにはなかった、ひとりの女性によって作品が書かれたという尋常ならざる事実のおかげである。上述のわたしの書は、短期間に多くの場所やさまざまな国で、ひろく読まれるようになった(1)。

彼女の作品は、彼女自身の言葉を借りれば、通常とは異なる観点、いわば女性の視点からの表現を用いた新しいものであった。したがってこれは彼女の作品の評価を下げることはなく、かえって価値を増すこととなり、女性の手になるという理由で宮廷から要請が来た。クリスティーヌの諸作品から察せられるように、彼女は献呈という慎重な策略によって利益を得ようとしていたに違いない。いくつか大きな変更があったパトロネージの歴史のような特別な分野においても、クリスティーヌは多くの点で他をしのぐ存在であった。

フィリップ豪胆公《ル・アルディ》からシャルル五世伝執筆の依頼を受けたように、君主から写本制作の要請もあった。たいていの場合、彼女の作品には契約に見合った報酬が支払われ、そして契約外の依頼でも、期待通りの贈与がなされた(2)。彼女は宮廷で知識人のサークルと関わっていたが、彼らは宮廷人を楽しませるか、教育するために招かれた人材である。その知識人たちは報酬として織物や衣服、また稀にではあるが、金や宮廷での持続的なポストを与えられることもあった。詩人とパトロンのあいだには、互いに義務的なつながりがあった。

芸術や美しい挿絵のある写本を愛好する王たちは、宮廷の「役職者」ではない――宮廷と強く結びついているわけではない知識人たちにも、作品を依頼していた。そこで多くの著作家たちは不定期の注文で生計をたてることになり、ひとりの君主、ひとつの宮廷のために働いていたわけではないクリスティーヌと同じく、自分の作品を複数の注文主に提供していた(3)。そのおかげで彼らの暮らしは不安定であったが、作品が多くの人に読まれ、作者にはある種の自立が保証された。これは現在の自由契約《フリーランス》の仕事と似ており、安定した関係はないが、自分の作品をより良いパトロンに提供することができた。

すでに述べたように、クリスティーヌとブルゴーニュ家との協力関係は、一四〇一年にフィリップ豪胆公《ル・アルディ》のために書いたシャルル五世伝に始まり、公の死後も、息子ジャン無怖公《サン・プール》との関係が続いた。ジャンのためには一四〇五年から一四〇九年にかけて複数の作品を執筆しており、そのため彼こそがクリスティーヌの主たるパトロンであるとみなされるほどである。クリスティーヌの書はジャンの図書室で多く所蔵されていたが、ブルゴーニュ家の一員でジャンの弟アントワーヌ・ド・ブラバン公も、彼女に作品をいくつか注文し、報酬を支払っている(4)。しかし一四〇六年から一四一二年にかけては、彼女はブルゴーニュ家のために働く一方で、別の君主にも作品を提供している。実際ベリー公はクリスティーヌの全作品を所有していた(5)。

クリスティーヌは、ブルゴーニュ公のみが国を救えると考えていたのだろうか(6)。この問に答えるのは難しい。確実に言えるのは、彼女はフィリップ豪胆公《ル・アルディ》の依頼でシャルル五世礼讃を編集することによって、実際に公の立場を支え、ジャン無怖公《サン・プール》の庇護を受けるなど、絶えずブルゴーニュと関わりをもちながらも、オルレアン側の仕事もこなしていたということである。たしかに彼女のキャリアの開始を告げる『オテアの書簡』(一四〇〇年頃)、『二人の恋人の論争』(一四〇〇年頃)、『薔薇の物語』(一四〇二年)、そして一四〇五年から一四〇六年にかけて書かれた『人間の誠実さに関する書』は、ルイ・ドルレアン公に捧げられている(7)。『人間の誠実さに関する書』は、賢明、節制、節度を讃え、市民戦争にとって都合の良い政治的党派心を暗に非難している。その作者とは遠い立場にあり、かつてないほど派閥的な人物であったルイは、一四〇七年に暴力的な死を遂げることになる。そのあいだにクリスティーヌは『三つの愛の審判の書』（一四〇〇年頃）をジャン・ド・ヴェルシンに、『長き研鑽の道の書』（一四〇二―〇三年）をシャルル六世に献じている。

そのような状況で、いかにしてクリスティーヌはブルゴーニュ公、もしくはオルレアン公との関係を破綻させずに彼らを支持することができたのだろうか。両者はいずれも彼女の注文主であることに変わりはなく、自分と家族を養っていくにあたっては、彼女にはどちらも必要だったのである。例えば息子のジャン・ド・カステルが、彼のパトロンであったソールズベリー伯を喪ってイングランドから帰国したとき、クリスティーヌは献呈という行為によって得られた支援力を息子のために利用している。

『オテアの書簡』のケースを考えてみると、この作品はわずか数年のあいだに、ルイ・ドルレアン、フィリップ豪胆公《ル・アルディ》、ベリー公ジャン、イングランド王ヘンリー四世に次々と献じられている(8)。たしかに個人で「注文した」作品はさして問題ではないが、特定の対象を考慮せずに書かれた論は、特別に私物化されて提供と再提供を繰り返すことになる。これは金や支援、報酬を得るためであり、すばらしい写本を見せびらかしたがる君主たちの図書室を充実させてくれる。先に述べたように、写本にはたびたび彼女自身が文字を手書きし、正確な指示を与えて挿絵を入れさせた。その挿絵は数枚のみであることが多く、例えば『オテアの書簡』の最初の写本（一四〇〇年）では六枚だけである、しかし続く二つの写本（一四〇六年と一四〇八年）では一〇一に増えており、[9] これは図像の伝達力の大きさが認識された証拠であると言える。

同じ作品を多くの人物に献呈・再献呈する、もしくは同じ写本のなかに傑出した人物を複数描きあらわすと、献呈相手よりも作家のほうを際立たせることは、ハーレイ四四三一番写本のケースを見てみればよくわかる。ロンドンの大英図書館の所蔵するこのすばらしい写本には、クリスティーヌの書いた三〇のテクストと一三〇の挿絵が入っている。[10] 表紙ではたしかにイザボー妃が存在感を示しているが、画面の中央にいるのはクリスティーヌである。この写本の他の多くの挿絵には、クリスティーヌから作品を手渡されたり、彼女と議論する様子が描かれている。このように中央に繰り返し登場する作者は、威信を保って献呈を受ける権力者よりも重要な存在なのである。毛皮、刺繍、真珠は、簡素な青いコタルディに身を包んだ華奢なクリスティーヌをかえってひきたたせる効果をもっている。

ハーレイ写本に収録されたテクストは、事実上、クリスティーヌの記念碑的傑作であり、著者と献呈相手のあいだにある概念を証言している。クリスティーヌは己のアイデンティティーを主張するため、読者を賢く利用することにより、着実に、そして巧みな演出で、初の知的職業婦人像をつくりあげた。[11] 運命を覆すためプロの知識人となっても、女流作家というキャリアの発展にはつながらないこともある。この現代的な才女は、己の権限と社会における役割、さらには「たぐいまれな女性」であることを自覚していたらしく、女性であるというハンディキャップを有利に働かせることもできた。

ジャン・ジェルソンを除く尊大な学者たちや教師たちは、彼女を無視できずに攻撃したが、そのおかげで彼女の知名度は上がり、かえってその立場を強めることになった。その名声は、今日われわれに伝えられている写本の多さ——『オテアの書簡』が約五〇、『女の都』が二七、『三つの徳の書』が二三——が証明してくれる。[12]

クリスティーヌの初期の詩集の受取人は不明だが、われわれも知っているように、彼女に作品を依頼していたのは、当時のフランスの権力者たち、すなわちシャルル六世妃イザボーやシャルル六世、マルグリット・ド・ブルゴーニュやルイ・ド・ギュイエンヌ、そしてイングランド王リチャード二世からヘンリー四世にいたるまでの王侯貴顕である。大多数の読者よりも、王、王妃、公爵たちの存在が際立っている。

先に述べたように、クリスティーヌはイザボー妃にブルゴーニュ派とアルマニャック派とのあいだの争いに介入するように求める悲痛な響きの手紙を書いたが、その他に、彼女は王妃にバラード三編と薔薇物語論争に関する書簡一式（一四〇一―〇三年）を献じている[13]。イザボー妃は女の都に入る運命にあったが、クリスティーヌが先の書簡一式を贈ったとき、まだそのことを知らなかった。そこには彼女とともに、王国の他の有徳な婦人も入ることになっている。クリスティーヌは『女の都』第三部で自問する。「どうしてわれわれの時代のフランス女性は、他の国の女性に比べてあまり尊重されないのでしょうか」。有徳な婦人のための避難所としての理想都市で、「なにより私たちは高貴なるフランス王妃イザボー・ド・バヴィエールを拒絶することはできません。彼女には残酷さも貪欲さも、その他の悪徳も微塵もなく、臣下に対する愛と善しかもちあわせていないからです」。都の門は開け放たれているが、それはオルレアン公にしてシャルル賢明王《ル・サージュ》の息子ルイの妻、ミラノ公の娘であるヴァランティーヌ・ヴィスコンティを迎えるためである。彼女はクリスティーヌも証言しているとおり、賢明で、強く確固たる信念をもち、夫に忠実で、子どもたちにとって優れた教育者であり、政治に関しては中庸を貫き、何事にも正当で、思慮深く、有徳な女性として知られていた。門が開いているのは、ブルゴーニュ公夫人で、フランス王ジャンの孫であるジャン公爵の妻、さらにはジャン・ド・クレルモン伯爵と結婚した、美しく、思慮深く、高貴なベリー公の娘のためでもある。フィリップ・ド・ブルゴーニュの娘であるオラニエ公兼エノー伯夫人、ブルボン公夫人、サン・ポル伯夫人、フランス王妃の兄ルートヴィヒ・フォン・バイエルンの妻アンヌも招き入れられる(14)。

理想都市に迎えられるにふさわしいとされる徳を有するとして選ばれた人物は、クリスティーヌの知的作品の愛読者で彼女を高く評価する人物か、もしくは単に支持者であると想像できる。クリスティーヌが『女の都』を一四〇四年に書いたとき、彼女は文学における頂点をきわめていたが、当時、パトロンなしで生きるのは容易なことではなかった。クリスティーヌはすでに韻文による記念碑的歴史書『運命の変転の書』やシャルル五世伝を書き上げており、また『クリスティーヌの夢の書』で述懐しているとおり、イングランドやミラノといった外国の宮廷から、重要にして喜ぶべき招聘を受けていた。『クリスティーヌの夢の書』は、彼女の作品中でもっとも自伝的要素が強く、とりわけ女性読者——男性読者を除外しているわけではないとしても——を対象にしているが、それは彼女たちにそれを注意深く読むだけの動機があると思われるからである。そこでは政治的、そして道徳的性格という一般的なテーマが扱われており、作者は自らの経験をとおして女性に進むべき道を教えている。事実上、彼女自身がこの難解な物語の主人公であり、最高の知性を見せつけている。まず最初に、中心人物の一人〈自由〉は、語りを促し、クリスティーヌは〈判断〉に意見を求めて意を決して話し始めたのち、〈哲学〉から重要な使命を受ける(15)。女性はこのように信じられないほどの寛容さを喜ぶだろうか。かくも高度な模範が女性を思い上がらせるだろうか。

当時の女性読者の反響がどのようなものであったかを知るのは容易ではない。例外は、イザボー・ド・バヴィエールやカスティーリャ女王イサベル一世「ラ・カトリカ」のような女性権力者のケースである。そのイサベルは、図書室に『三つの徳の書』仏語版を所持していたが、それは母イサベル・デ・ポルトゥガルのために一四四七年から一四五五年のあいだにポルトガル語に訳されている(16)。こういった女王や王妃、そして他の重要な宮廷婦人はともかく、他の女性はどうであろうか。彼女らはクリスティーヌのことを知っていたであろうか。この問に対してわれわれは答えることはできない。とはいえ、彼女のケースが特異なものであるために、彼女はある孤立した状況に追い込まれていた。『デカメロン』を愛読する女性が、クリスティーヌの作品を評価したかどうかはわからない。おそらくバラードや『女の都』は好んで読まれたかもしれないが、それもあくまで仮定に過ぎない(17)。

ヘンリー八世の死後、一五四七年に作成された財産目録に、「女の都」と呼ばれるつづれ織りのシリーズがあったことがわかった。そのためこのつづれ織りのつくられた経緯や、クリスティーヌの同名の作品との繋がりについて関心がもたれるようになった。つづれ織りは一五四〇年代に、のちのエリザベス一世（一五五八年即位）の所持品となったが、おそらくこれは一四三〇年頃のクリスティーヌの死から数十年経った十五世紀末に制作されたものと考えられる。この件に関して調べると、王室の財産目録には、この他に五つのつづれ織りが記載されており、そこには一四九一年にアンヌ・ド・ブルターニュのコレクションであったものが含まれている。

このことはクリスティーヌのテクストが幸運に恵まれたが、彼女の草稿と死により、その名声が輝きを増したことを証明している。したがって彼女の作品は、芸術家にインスピレーションを与え、また夢を見させ、あるいはつづれ織りを注文し、壁にかけて眺めるのを楽しみたいと思う者の関心を呼び覚ます力がある。やや気どった感じで使われたと想像されるこのつづれ織りのたどった経緯を考えてみると、『女の都』にあらわされている思想は、クリスティーヌの死後およそ二世紀間、文化と芸術論を活気づけたと言える(18)。

つづれ織りは当時非常に好まれ、とりわけ女性に人気だった。そしてそこに女性の都市というテーマが描き出されていたという事実は、現実の世界の女性があらわされていたという仮説を強固なものとし、そしてそのような工芸品が出回ったために、クリスティーヌの女性観の一端を垣間みることができたと言える。このことは写本から挿絵、そしてタペストリーへ、すなわち書き言葉から図像へと、有能な職人のおかげで可能となる文化をあらわしている。クリスティーヌの作品を読んだことのない刺繍職人は、彼女のテクストの内容の一部に親しみ、それを世に広めた。人びとは著者の存在を知らずとも、『女の都』を読む代わりに、図像を利用したのである。

すでに述べたように、クリスティーヌは自らの著作を折に触れて、イザボー妃からマルグリット・ド・ヌヴェールにいたるまでの女性に献じている。ちなみにこのマルグリットは、ジャン無怖公《サン・プール》の娘で、シャルル六世とイザボー・ド・バヴィエールの息子ルイ・ド・ギュイエンヌの妻である。クリスティーヌが自分の作品をイザボー妃に献じる場面は、われわれがすでに触れた最もよく知られている挿絵のなかに見てとれる。[19] ここで女性が集まっているということは、クリスティーヌの作品に対し、女性が強い関心をもっていることのあらわれである。重要なのは、宮廷で暮らす女性であるが、宮廷はクリスティーヌがよく知っていて依拠している社会である。ここでクリスティーヌの作品は母から娘へと伝えられる。こうして『女の都』彩色写本は、一四八二年にマリー・ド・ブルゴーニュが亡くなったあと、その娘のマルグリットの手に渡った。クリスティーヌ自身の監修のもと、一四〇五年から一四一〇年のあいだに制作されたこの写本は、高祖父ジャン無怖公《サン・プール》からマルグリットへと伝えられたのである。彼女はこれを所有していたにもかかわらず、第二の写本を一五一一年に購入し、それは七八冊の貴重な写本のコレクションの一つとなった。[20] おそらくマルグリットの写本のひとつが、「女の都」のタペストリーの下絵《カルトン》をつくるのに、手本として役立ったのであろう。[21]

XIV　クリスティーヌと同時代人

クリスティーヌの時代に生きた他の女性——例えばカテリーナ・ダ・シエナ（一三四七—一三八〇年）やイギリスのマージェリー・ケンプ（一三七三—一四三八年頃）——の存在も忘れてはならないだろう。いずれも高い知性の持ち主ではあるが、クリスティーヌとはかなり異なり、偉大な神秘主義者である。これは自らの存在に必要な計画を完全に成し遂げ、神との親密で観想的かつ愛のある関係を持続した女性たちを定義したことばである(1)。クリスティーヌのケースはこれとまるで違う。

流血の惨事を目のあたりにしたクリスティーヌは、一四一八年、五〇代半ばで、在俗のまま、修道院に隠棲した。彼女は、この劇的な時代に喪の苦しみを味わった女性たちを慰めるため、『わが主の受難に関する瞑想の祈り』を執筆している。そして彼女は最晩年に、かつてない暴力沙汰を避けてやってきた場所で、二つの栄誉を手に入れた。クリスティーヌはジャンヌ・ダルクを知り、その事績に熱狂する。彼女は一四一八年まで修道院の外で暮らし、自分の周囲で起こっている事柄に積極的に関わってきた。すでに見てきたように、彼女は結婚して子どもをもち、知識で身を立てつつ、宮廷社会のなかを独力で生きてきたのである。

マージェリー・ケンプも多くの子宝に恵まれたが、その十四人の子ども全員が、彼女に先立って逝ってしまった。彼女もクリスティーヌと同じく積極的で、持参金の一部をビール工房と水車小屋の購入にあてた。四〇歳くらいまで普通に暮らしたのち、彼女に説得された夫ともども貞潔の誓いをたて、キリスト教の聖地を訪ねる長い巡礼の旅を始めた。この聖地巡礼は、彼女が神の愛を観想し、神との神秘的合一を求める新たなきっかけとなるものであった。神秘的なさすらいという風変わりな人生のために、彼女は際限なく批判を受けることになり、魔女として火刑に処せられそうにもなった。クリスティーヌとは違って、彼女は他者と影響関係のない、目立たぬ女性であり、涙にかきくれる、感情的に不安定な女性であったと思われる。この点から考えても、われわれとはまったく異なる当時の感情や彼らの言語表現を、われわれの判断基準で推し量ることは難しいであろう。マージェリーは一行たりとも文字を書いてはいないが、神との対話に関する口述書が残されている。[2] 女性であっても自らの権利を守ろうとする点では、クリスティーヌと大きく異なることはない。

やはりクリスティーヌの同時代人であるカテリーナ・ダ・シエナは、[3] 染物師ヤコポ・ベニンカーザの娘として、ペスト大流行の時代、すなわちクリスティーヌよりも二〇年ほど前に生まれているが、彼女の物語は、クリスティーヌとはまったく異なっている。幼少期から孤独を追い求め、過剰なまでに所有を放棄した。彼女は孤立状態を禁じられると、一種の精神的独房をつくった。苦労を重ねて出家の許可を手にし、ドミニコ会に入信した。修道女となってからは、子どものときからあった幻視体験を繰り返すようになり、その幻視のあとには法悦を味わった。

カテリーナはクリスティーヌとは違って、家庭のなかでも他のところでも教育を受けてはいない。彼女が読み書きができるようになったのは死の三年前だったので、実際は、彼女自身の作とみなされている手紙はすべて、弟子か書記に口述筆記させたものである。一三七八年一〇月九日から十三日のあいだにも、神との対話形式で一六七の短いテクストを口述している。教皇グレゴリウス十一世のアヴィニョンからの帰還について、教皇自身と話し合おうと彼女が決意したのは、彼女の幻視、そして彼女が預言者で神秘主義者であったおかげである。公の争いを解消するためにも模索を続け、とりわけ聖職者に、少なからず疑惑の目を向けている。カテリーナは、イタリア内外で絶えず神秘的彷徨を続けた。そして二二人の供を連れてアヴィニョンに向かい、長い旅路の果てに、教皇との面会を果たし、イタリアに教皇座を取り戻させることに成功した。社会的騒乱に揺れる激動の時代を生き抜いたクリスティーヌがカボシャン蜂起を目のあたりにしたように、カテリーナはチョンピの乱についての報せを受けた。彼女は自らの幻視《ヴィジョン》と、神秘的にして慎ましくも、神の不屈の代弁者になるという並々ならぬ決意のおかげで、自分の言葉に耳を傾けさせることができたのである。

クリスティーヌは神秘主義者でも預言者でもない。彼女にも「ヴィジョン」はあったが、それはまったく異なる類のもので、夢、あるいは作品執筆の手がかりとなるようなインスピレーションであった。俗人で、ボローニャ学派の師《マエストロ》の娘であった彼女は、自らの運命の一部を大学という環境に負っていたに違いない。もし宮廷が女性に対して偏見をもたずに彼女の書いた作品を受け入れたのなら、それは大学人の父親が彼女に文化的素養を授けていたからである。同様にもうひとりのボローニャ学派の師《マエストロ》ジョヴァンニ・ダンドレアは、教会法学士の娘であった博識な妻ミランチャをしばしば相談役として末子ノヴェッラを教育し、さらにもうひとりの娘にも、教師としての能力を身につけさせたという。[4] 彼女らは学生を惑わせることのないように、ときにはヴェールをつけ、あるいはヴェールをつけずに授業をしたと伝えられているが、それは十八世紀のボローニャで最も傑出した女性であるラウラ・バッシよりもはるか以前のことである。このようにボローニャ大学は前人文主義の時代に、きわめて稀なケースではあるが、俗人女性が知識を身につける場となっていた。

ヴェローナのイゾッタ・ノガローラ（一四一八―一四六六年）も、クリスティーヌとほぼ同時代の女性である。クリスティーヌは人文主義の準備段階に位置していたが、イゾッタが人文主義者であったことは明らかである。この時代には博識な女性が少なくない。彼女は姉のジネヴラとともに、当時の慣習に反して父親ではなく、母親の希望で教育を受けている。[5] ジネヴラが結婚して知的活動を中断したのに対し、イゾッタは勉学を継続した。まずは二人とも、そしてのちにはイゾッタのみが当時の主要な知識人と文通し、たとえ互いの関係がつねに幸福なものではなかったにせよ、彼らはたびたび讃辞をおくっている。例えばイゾッタが称賛していたグアリーノ・ダ・ヴェローナは彼女があまりにも不満を抱えていると考えていたが、概して彼女に関する認識は、彼女がひとりの女性であるというところから生じていた。女性には何も期待できないか、あるいは知的な男性に期待できるものとは違って、質的に劣った成果しか得られないと考えられていたのである。イゾッタのような人物は、奇妙とまでは言われないにしても、特異な存在だとみなされ、結局のところ学者のサークルからは除外された。もしイゾッタ・ノガローラが述べているように、当時の多くの男性が、ひとりの女性の教養を毒かペストのように考えていたとしたら、クリスティーヌによる世間を鼓舞するような作品は、期待したような効果をもたらさなかっただろうと言える(6)。

クリスティーヌがプロとして活躍した最初の在俗女流歴史家とみなされる一方、彼女の同時代の女性のなかには、伝記や自叙伝のジャンル、小規模な宗教史や家族史の分野に取り組んだ者がいる。例えばヴェネツィアに生まれ、フェッラーラとボローニャを拠点として活動したクララ会修道女イッルミナータ・ベンボは、一四五六年のカテリーナ・デ・ヴィグリの死後、聖女として崇敬を集めていた彼女の伝記を、同輩の立場から書いている(7)。これは長く写本の状態で伝えられ、出版されたのはようやく十八世紀になってからのことであった。たいていの場合、女性の自叙伝は、神秘的な現象から影響を受けた宗教的作品であり、彼女らは僧院の一室に閉じこもり、孤独を強いられた状態で執筆することも多かった。クリスティーヌは夫の死後味わった孤独や、その定まらぬ身の上が彼女を責め苛んだことについてしばしば口にしているが、実際のところ、彼女は孤立などしてはいなかった。イゾッタ・ノガローラに話を戻すと、彼女は孤独な生涯を終えている。彼女は独り身のまま修道院にも入らなかったが、本のたくさんある部屋に、母親とともに隠棲していた。孤独のなかでの彼女の勉学は、生活様式の異なる世間には理解されなかった。イゾッタは結婚を申し込まれたが、法律家にして人文主義者のヴェネツィア人ルドヴィーコ・フォスカリーニの忠告を受け、結婚と知的活動は両立し得ないということを理由に、これを断っている。クリスティーヌもこの二つが両立しがたいことを自覚していたためか、再婚することはなかった。イゾッタは勉学を続けたが、クリスティーヌが享受したような反響を得ることはなかった。十七世紀の傑出した女流画家エリザベッタ・シラーニと同様、おそらくこの世間の無理解のおかげで、彼女は苦しんだのである。二人とも病に倒れ、死に至ったのは、そのような不幸が一因となっているに違いない。それにひきかえ、後に述べるように、クリスティーヌは穏やかな死を迎えたか(8)、あるいは少なくともまったくの不幸ではなかったと言える。彼女は生活のために仕事、すなわち執筆に没頭したが、エリザベッタやイゾッタ、あるいは勉学や執筆をする他の少数の女性たちと比べると、彼女自身が証言しているように、環境も時も運もすべてが彼女に対して微笑みかけてくれたのである。

XV　クリスティーヌと後継者

クリスティーヌは、論議のまととなるような作品を意図的に書いていた。『女の都』が、容易に意見を変えることはない誹謗者の恰好の餌食になるだろうということを、彼女はよく知っていた。彼女は同時代人のためだけでなく、後世の人びとのためにも筆をとっている。例えば『クリスティーヌの夢の書』のなかでは、〈自然〉に次のような台詞を言わせている。

わたしは、あなたがたくさんの書物を生み出してくれることを願っています。それはあなたの記憶を、代々限りなくいたるところに、明らかな名声とともに伝えてくれるでしょう(1)。

その少しあとで、この苦労人の作家は、産みの苦しみにたとえられている。

クリスティーヌは『三つの徳の書』終盤で、いずれこのテクストの写本がたくさんつくられ、あらゆる国々に伝えられるであろうと断言している。たしかにこの作品は読まれなくなることも忘れられることもなく、世界中のいたるところで親しまれ、いつの時代も多くの権威ある女性の愛読書となる。(2)最もひろく世間に知れわたったのは『女の都』ではあるのだが、彼女の予見の少なくとも一部は正しかったのである。

「貴女が生きているときよりもむしろ将来において、貴女のことが話題となるでしょう」は『クリスティーヌの夢の書』中の一節であるが、(3)これは安易な預言であって、すべてを正しく言い当てているわけではない。たしかにクリスティーヌはその生涯で大成功をおさめ、フランスのみならず、イングランドやイタリアでも有名になった。ランカスターのヘンリーは、イングランド王リチャード二世を幽閉し、一三九九年にヘンリー四世としてランカスター朝を開いたが、彼はイングランドの宮廷にクリスティーヌを呼び寄せたいと考えていた。(4)王の振る舞いに憤りをおぼえていたクリスティーヌが、彼の申し出に心動かされたかどうかは定かではないが、結果的には、ルイ・ドルレアンの妻ヴァランティーヌの父ジャン・ガレアッツォ・ヴィスコンティの要請を快く受け入れたのである。このミラノ公は芸術愛好家で、おそらくクリスティーヌの作品を好んで読んでいた。彼女にしてみれば、己の生地に帰ってみたかったのかもしれない。ところがこの話はジャン・ガレアッツォの急死で帳消しになってしまった。[5] たしかに言えるのは、彼女が当時の主要な宮廷から争って求められていたという事実である。

クリスティーヌの名が知れわたったおかげで、彼女のために働いた写本彩色画家も、「『オテアの書簡』の画家」、そして「『女の都』の画家」として知られるようになった。

彼女の作品のいくつかは英訳されているが、『軍務と騎士道の書』の一四八九年の英語版は大いに人気を博し、また『政体の書』は一五二一年以降、ロンドンで出版されている。『愛神への書簡』については、翻訳ではなく英語の翻案がひとつ存在し、これはほぼリアルタイム、すなわち一三九九年に原著が成立したわずか三年後に出されている。『オテアの書簡』に関しては、十五世紀から十六世紀にかけて、三種類の英語版が登場している。[6]

彼女は存命中もひととおり名が知られていたが、その死後も——とくに十五世紀半ば頃には著名な人物として通っていた。一四八八年に印刷書籍商アントワーヌ・ヴェラールは『軍務と騎士道の書』を刊行しているが、これがクリスティーヌの作品としてはフランスで出版された最初のものである。[7] 彼女の没後、マルグリット・ド・ナヴァール、アントワーヌ・ド・ラ・サル、そしておそらくフランソワ・ラブレーが彼女の作品を読んでいる(8)。またマルグリット・ドートリッシュ、マリー・ド・オングリ、ルイーズ・ド・サヴォワ、アンヌ・ド・ブルターニュ、フランソワ一世妃エレオノールのようなルネサンスの女性たちもクリスティーヌの作品の写本を所持していた。当時、彼女の作品は、貴族以外の人びとにも好んで読まれていたのであろう。そのことは、『女の都』のフラマン語訳が商人階級から依頼されていたことからもわかる(9)。

たとえクリスティーヌの作品のなかにひろく読まれるのに適しているものがあったとしても、この多作で特異な才女が記憶に残る人物となることは予想できなかった。彼女の残した作品は、聖人伝やアーサー王伝説のように大衆の目に容易に触れるものではなかったのである。ある種の作品が彼女の名を知れわたらせ、そのなかでも新しい著作が、彼女の抱えているテーマについての記憶をとどめる縁《よすが》となった。こうしたなかでマルタン・ル・フランの『女性の擁護者』（一四四〇―四二年）はある程度の成功をおさめ、一時期、クリスティーヌの著作に対する関心を高めることに貢献した(10)。

ところが彼女の存在は、十七世紀から十八世紀にかけては忘れ去られてしまった。ヴォルテールはクリスティーヌのシャルル五世伝を読んでいるのだが、その名をカテリーナと混同している。

フランス革命後、彼女の再評価が始まったが、それはルイーズ・ド・ケラリオの翻訳のおかげであった。彼女は一七八六年から一七八九年にかけて、女性作家の作品十四巻を刊行したのである。[11] 一八三〇年代には、クリスティーヌが女性に関する文学論争に寄与したことが認められる一方、研究者たちは彼女の政治的著作に注目するようになった。[12] 十九世紀から二十世紀のあいだには、ゆっくりと時間をかけて、クリスティーヌの復権をはかろうとする試みがおこなわれた。その結果、彼女の著作は頻繁に引用され、また翻訳もなされるようになって知名度があがり、フェミニズム運動家が関心を示すようになった。ところがフェミニストたちは、しばしば読者を困惑させるほどの思慮を要する彼女の作品よりも、彼女の事情――彼女にまつわる出来事と非難――に興味があった。たしかに彼女は革新的であるとは言えなかったが、勇気ある女性であった。今日では政権によって「注目に値する」と言われるようなテーマや政治的問題をも、クリスティーヌはあえて扱っている。

クリスティーヌの時代にはフェミニズムが到来していなかったにしろ、最初のフェミニストとしての彼女の思想は世間にひろまっている。この言葉は十九世紀末に出版されたテクストに初めて登場してくるが、そこではすでにクリスティーヌは、彼女の代表作『女の都』のなかで女性を擁護したフェミニストであるとされている。おそらく彼女の同時代人の多くが、彼女と同じく、女性はもっと尊敬されて気遣われるべきだと考えていた。そしてこの意味で、彼女はフェミニズム運動の旗手とみなされる。[13]そのことは彼女の著作よりも彼女をめぐる出来事に見てとれる。十九世紀にはジェンダー研究の愛好者、政治思想史家、文学者のあいだでクリスティーヌは評判となり、とりわけフランスとアメリカで注目を集めた。今日では彼女の作品のほとんどすべてが、信頼のおける版や翻訳（ただしイタリア語訳は二作品のみ）で読めるようになり、そのおかげで彼女の文化的貢献の一端を直接見ることができるようになった。不適切な期待をもって彼女に近づこうとする者は、落胆させられるだけである。重要なのは、彼女が歴史の枠組みから外れていない十五世紀初頭の知識人であったということである。たとえもしクリスティーヌの作品の多くが興味をひくものでバラードが楽しめるものであるとしても、彼女としてはその作品もテーマも、安易に読めるものとして書いたわけではない。例えば「わたしはただひとり、ただひとりでいたい」というバラードについて考えてみると、二十世紀の半ばには、フランスの小学生は三年生のときに、この読むに愉しく覚えやすい詩を、その作者を知らずに暗唱していた。[14]要するにクリスティーヌ再評価の時代にあってもなお、彼女は未知の存在であったと言えるのである。

数年前から、クリスティーヌに関する国際学会が毎年開催されるようになった（第六回は、二〇〇六年七月開催）。この学会では、クリスティーヌの作品や思想のあらゆる側面が、それぞれの専門分野で分析・解釈されている。またジュディ・シカゴの《ディナー・パーティー》のおかげで、現代美術の愛好家のあいだでは、クリスティーヌの人物像がひろく知られるようになった。これはフェミニズム芸術の一種のモニュメントであり、女性芸術家による主要な傑作の一つである。一九七四年から一九七九年まで、五年の歳月をかけてつくられ、四〇〇人のボランティアの力を借りて完成した。強靱かつ妥協を許さぬアメリカのフェミニズム活動家は、三九人の会食者のために巨大な三角形の食卓を用意する（図35）。すなわちこの食卓は、特別な宴に招かれた三九人の重要な女性――芸術家、宗教家、あらゆる活動や知的分野で優れた功績を残した女性たち――のためのものである。すべての会食者は、皿と席で特定されており、それらはその人物の事績や価値を思い起こさせるものとなっている（図36、37）。テーブルの置かれた陶器のタイルには、三九人の会食者のまわりに、九九九人の女性の名が刻まれている。テーブルの三辺は年代順になっていて、クリスティーヌは「キリスト教の始まりから革命まで」と題された第二辺の真ん中に位置している。[15] それはたしかに彼女にふさわしい場所である。

ハッピーエンド

これはハッピーエンドの物語である。尋常ならざる状況下で、フランス史を変えるような奇跡が起こり、それは十一年来まったく作品を発表していなかったクリスティーヌに、嬉々として再び筆をとらせるにいたらしめた。その出来事、というよりもむしろ奇跡は、一四二九年のフランス王シャルル七世の戴冠である。これは長く続いた血腥い戦いののち、ジャンヌ・ダルクの力により可能となったのである。

一四二九年に遺作『ジャンヌ・ダルク讃歌』を書いたクリスティーヌは、もはや若くはなかった。彼女は六四歳になり、十年以上前からポワシーの聖ルイ修道院で隠遁生活を送っていたが、そこではシャルル七世の姉マリーが修道院長を務め、また若くして出家したクリスティーヌの娘が暮らしていた。しかしクリスティーヌ自身は出家はしなかった。彼女は一三九〇年に寡婦となったときもそれ以後も、困難な生活にも関わらず、女性一人で生きていくというリスクを背負ったのである。

要するに、クリスティーヌは自分の周辺で起こっていることにもはや耐えられなかったのである。かつて彼女が文化人として活発に働いていた場所では、彼女はもはや認められなかったのであろう。当時の支配階級——戦うべき王、君主、公爵を「育成し」続ける力はすでになかった。そこで彼女はポワシーに隠遁し、「奇跡」を知るのである。「奇跡」は「奇跡」を呼び、彼女は執筆を再開する。(1)

高名なパリ大学のジャン・ジェルソン(2)は、ジャン・ド・マンほか大学人のネガティヴな女性観に対抗してクリスティーヌの見解に与したが、ジャンヌ・ダルクに関しても彼女に同調し、オルレアン解放の翌日に書いた作品を、この救国の娘に捧げている。ジェルソンが書いているように、ジャンヌは純潔、節制、節度を守って暮らした。(3)当時の観念では、女性が自分の身体を意のままに動かし、出産という義務から解放されるためには、処女でなければならなかった。

思想を表明し、さらに家族以外の人びとのなかに入っていくためには、女性は妻や母ではなく処女であるべきであり、せめて寡婦であることが必要だったようである。この見解によれば、結局のところ処女性は自由を意味していた。クリスティーヌは処女性を、フェミニズム思想理論があらわす自立のメタファーとしている(4)。要するに女の都で暮らす登場人物のほとんどが処女であり、寡婦が数人、既婚女性はごく少数である。クリスティーヌは我が身をもって、こういった先入観の一部を否定しており、寡婦として――修道女でもなく、処女でもなく――知的な場面で活躍した(5)。

寡婦の立場は弱いと考えられているが、クリスティーヌ自身が『クリスティーヌの夢の書』のなかで財産をとりあげられたことを嘆いているように(6)、たしかに哀れな寡婦の運命はみじめなものであった。自分の立場、すなわち自分の弱さを補助しうるのは努力だけである。一四二〇年以前にクリスティーヌは彼女の武器である筆を折り、長い休止期間に入ったが、それで終わりではなかった。『ジャンヌ・ダルク讃歌』冒頭において、彼女は次のように述べている。

長いあいだ涙にかきくれていた、わたしクリスティーヌは、
十一年間修道院で暮らしていた。
そこはずっと前からわたしの住処として選んでおいたところだった。

当時、王太子シャルル――かれは多くの人びとから憎まれていた――は、パリから遠く離れたところにいたが、あえて言えば、彼は裏切りのために突然そうしたのであって、逃亡先で身を隠していた。

そんな折、ついにわたしにも微笑む機会がやってきた。(7)

クリスティーヌは微笑、冬の終わり、嘆きの代わりとなる歌、太陽、天候の回復、悲しみから喜びへの変化、あらゆるものが生まれ変わる春、乾いた土地に育つ緑の葉を詠っている。黄昏時にあるのでも、死の淵にいるのでもないひとりの女流作家の面影を彷彿とさせる言葉とイメージである。彼女は喜んでこの世界に立ち返り、再び筆をとった。その手にあるのは、彼女の母親が望んでいたような綛や針や糸ではなかった。

クリスティーヌが作家として活動したのは、およそ十年の休止期間を入れても、三十年以上と長かったが、ジャンヌの活躍はたった二年という、あまりにも短いものであった。少女は十七歳で決定的な勝利をおさめるが、十九歳でその生涯を終えている。一四三一年五月三〇日、ジャンヌはルーアンのヴュー・マルシェ広場で火刑となった（今日ではその悲劇の場所に、記念像が建っている）。暑く乾燥した日で、多くの市の悪者たちは赤い服を着てあらわれた。少女の恐怖の叫び声は、か細くもはっきりと聞こえていたが、おそらく見物に来た群衆の野次にかき消されたことだろう。(8) 幸いというべきか、クリスティーヌはすでに亡くなっており、オルレアンの乙女の悲惨な最期を知ることはなかった。

ジャンヌ・ダルクについては多くの著作があるが、(9) それらは結局のところ現在に至ってもなお、彼女のことを「奇跡」ということばで言いあらわしている。たしかに公の場にジャンヌが登場したことを説明したり、若きシャルル七世が身をひそめていたオルレアンの攻略における彼女の役割を明らかにするのは困難である。六か月後、一四二九年四月二九日から五月八日までの一週間あまりで状況は一変し、イングランドからの侵略軍は退却し、オルレアンは解放された。ジャンヌは包囲を解かせ、フランスとイングランドの王位を統合するという危険を回避させたのである。シャルルはランスで戴冠し、フランスでこの名をもつ七人目の王となった。

フランス人の王、あなた、若きシャルル、

その喜ばしき名をもつ七人目の王。
すでに長い戦を耐えしのび、
それはあなたの地をおおいに巻き添えにした。
神の御心と乙女により、
今やあなたの名は旗上に翻っている。
その乙女はいたるところであなたのために勝利をおさめ、
あなたの敵どもを馬上から打ち落としている。(10)

しかしこれはクリスティーヌ・ド・ピザンの特にすぐれた詩句というわけではない。超自然の奇跡をおこなった奇才——クリスティーヌは五六節五四八行のジャンヌに捧げた詩のなかで、彼女を「われらに送られたる奇跡」と言いあらわしている。シャルル七世の戴冠に関する祝詞においては、

そのような奇跡は、

人の目に明らかなものでない限り、
誰も本気で信用しようとは思わなかったであろう……
主はひとりの乙女を用いて、
ここに見られるように、
フランスに感謝すべき贈り物をくださった。
運命はしばしばあなたがたに逆らったが、
今は変わったのである。[11]

君主制も伝統も、さらにはクリスティーヌの生涯の使命も変わることなく維持された。彼女は君主制や王位継承の正当性の原理を信じ、女性の名誉を守るために戦ってきたのである。『女の都』の数多くの登場人物に、ジャンヌを加えられなかったのは残念なことであった。[12]というのも、『女の都』は二十年以上も前の一四〇四年に書かれたからである。もしジャンヌに関する記述がなされていたとしたら、おそらく最も美しく、そして『女の都』第一の書を豊かなものとしたことであろう。その第一の書は、〈理性〉が勇気ある女性について語っており、パルミュラの女王ゼノビアから乙女カミッラにいたるまでが扱われている。
女性を軽蔑する知識人や権力者は、クリスティーヌも伝え聞いているジャンヌの偉業に対して
懐疑的であり、あれこれと調べあげた。

彼らは彼女のことばを信じる前に、
注意深く調べあげた。
聖職者や学者たちの立ち会いのもと、
賢者たちにより、
神が王に対して自らを送りたもうたという彼女のことばが
真実であることが明らかとなった(13)。

奇跡にも関わらず、周知のとおり、乙女は炎のなかに消えた。

めでたし、女の誉れよ。

神が女という性を愛したもうたことは、
かくも悪しき人びとによって
踏みにじられた国が、
ひとりの女の手でよみがえり、
裏切り者から解放されたという事実によくあらわれている(14)。

女性のいかなるところが神に好まれたのかを考えるのは、クリスティーヌにとって容易なことではなかった（『女の都』において、神が女性という性をお認めになったとしたのは賢明なことであった(15)）。彼女は一生をかけて、女性の尊厳と両性の事実上の平等を主張するために戦ってきたのである。シャルル七世の戴冠がひとりの女性、しかも少女の功績であることは、われわれが想像するよりもはるかにクリスティーヌにとって満足のいくものであったことはたしかである。

ジャンヌはひとりの娘に過ぎなかったが、そのことは彼女の行為をさらに驚くべきものとした。賢明王《ル・サージュ》シャルル五世が、王となるためには十四歳以上でなければならないという命令を出しているように、当時彼女は、自らの運命をきわめて早く受け入れたのである。若年での結婚は、君主たちのあいだにとどまらなかった。イザボー・ド・バヴィエールは十五歳でシャルル六世に嫁いでいるが、クリスティーヌが結婚したのも彼女と同い年のときである。ブルゴーニュ公の長女マルグリットは十一歳でルイ・ド・ギュイエンヌと結婚したが、夫はその数年後に宮廷にやってきて、未来の王妃から、クリスティーヌが彼女に献じた一種のマニュアル『三つの徳の書、あるいは女の都の宝典』について学んでいる。この結婚は、ブルゴーニュ公のオルレアンに対する政治的勝利を意味しており、シャルル六世とイザボーの第八子ルイは王冠を戴く運命にあったものの、結局は彼がその地位にあったのは五年あまりに過ぎず、一四一五年、十八歳という若さで亡くなった。クリスティーヌはルイに多大な信頼を寄せており、シェイクスピアは『ヘンリー五世』に彼を登場させている。

ジャンヌによって実現した「奇跡」にさいして、クリスティーヌがいかに満足をおぼえたかを想像するためには、先行作品である『女の都』のなかに書かれた不快な言葉を思い起こせば十分であろう。神は女性をつくりあげたが、そのことについてよく思いめぐらしてみると、たいへんつまらないことをしてしまったのではと彼女は言う。ここからは、女性として生まれてしまったための深い悲しみが感じとれ、自分自身と全女性に対する軽蔑の意味が込められている。

ああ、わが神よ、なぜあなたはわたしを男として生まれさせてくださらなかったのでしょう。
わたしの力はあなたのお役に立てましたでしょうに。殿方の言うように、いかなる過誤もなく、
あらゆることに完璧であったでしょうに。(16)

シャルル七世戴冠の立役者がひとりの女性であったという事実に対する満足が大きなものであったように、イングランド人に屈辱を与えたことに対する喜びもまたひとしおであった。汝らイングランド人は頭《こうべ》をたれ、尊大な態度を控え、フランスを苦しめるなとクリスティーヌは命じる。実際は、フランスが脅威とする敵は外国だけではなかった。クリスティーヌの生涯には、シャルル五世の善政――おそらく彼女が神話化している――から、パリを血に染めた民衆の反乱までが起こった。この反乱は、ブルゴーニュ派とアルマニャック派という、クリスティーヌと深い関わりのあった家柄のあいだの激しい対立に起因するものであった。数年にわたり彼女は平和を取り戻そうと画策し、賢明であれと訴えたが、先に見たように、一四一八年にはポワシーの修道院に隠遁し、パリの街、秩序、君主制、彼女の理想としたものが崩れていくのをもはや目にすることはなかった。

『ジャンヌ・ダルク讃歌』（このクリスティーヌの遺作には、次のような日付がある。「この詩は、わたしクリスティーヌが、一四二九年の七月末日に書いたものである。」）は、教育的なものである。クリスティーヌは教育という、彼女が昔とりくんできた事柄を再度とりあげ、勝者に対し、良識をもって行動し、一連の戦争や恨みを忘れ、復讐や懲罰をやめ、「君主やあなたがたの王とともに、平和のうちに新たなる人生を」再開するようにと勧めている。

女性の権限に関する考察が、クリスティーヌの著述の中心をなしており、全作品にそのことがあらわれているのが事実だとしたら、(17) 自分に沈黙を破らせた神秘的かつ現実の存在であるフランスの救世主ジャンヌ・ダルクに捧げた最後の労作において、彼女は特別な主張をおこなっていることになる。『ジャンヌ・ダルク讃歌(18)』は全面的に女性の擁護というテーマに沿ったものではないが、ジャンヌに関しては、女性の一例としてよりもむしろ奇跡の人物として書かれている。(19) ジャンヌは実在の人物であり、フランスの回復については、彼女に負うところが大なのである。ジャンヌのケースは、力や功績に格差はないというクリスティーヌの定理を裏付けるものである。またクリスティーヌのケースは別のこともあらわしている。女性たち、少なくともクリスティーヌだけは、六百年以上も前に、女性の価値や自分たちが疎外されていることを知っていた。

クリスティーヌは、いわゆる中世の闇において、文化人として主張することができたが、今日では、彼女の姿を見えにくくし、歴史を見誤らせるその闇からは、彼女はつねに離れたところにおかれるべきであろう。

訳者あとがき

日本におけるクリスティーヌ・ド・ピザン

本書は Maria Giuseppina Muzzarelli, *Un'italiana alla corte di Francia. Christine de Pizan, intellettuale e donna*, il Mulino, Bologna, 2007 の全訳である。

いま、クリスティーヌ・ド・ピザンが熱い。近年の欧米における彼女への関心の高まりについては、眼を見はるものがある。クリスティーヌの著作や研究書は、彼女が作家活動をおこなったフランス、生国イタリア、さらには英語圏においても数多く出版されており、彼女に関する国際学会もヨーロッパ各地で頻繁に開催されている。

しかしわが国でその名前が口にされるのは、いまだに中世フランスの文学や歴史、美術史の研究者のあいだに限定され、しかもたいていの場合、『薔薇物語』の女性蔑視的な側面を批判した人物として言及されるにすぎないのである。第一、いくつかのバラードを除けば、クリスティーヌの長編作品の邦訳はひとつも刊行されていない。彼女に関する本格的な研究もごくわずかである。管見のかぎりでは、日本で彼女を最初にとりあげた論考は、木間瀬精三氏による「クリスティーヌ・ド・ピザンと「ばら物語論争」」（『聖心女子大学論叢』十一集、一九五七年）であるが、佐佐木茂美氏による『長き研鑽の道の書』や『クリスティーヌの夢の書』等に関する一連の論考（『明星大学研究紀要』二二―二七号、一九八五―一九九一年）、小林典子氏の大英図書館所蔵ハーレイ四四三一番写本挿絵に関する研究（『大谷女子短期大学紀要』四二、四七号、『大谷女子大学文化財研究』五号、一九九八―二〇〇五年）の他には、クリスティーヌの政治論に注目した論考が数編書かれているにすぎない。そしてこれまでのところ日本語で読めるクリスティーヌのまとまった伝記は、アンドレア・ホプキンズの「クリスティーヌ・ド・ピザン――自立した作家、フェミニストの先駆者」（『中世を生きる女性たち――ジャンヌ・ダルクから王妃エレアノールまで』森本英夫監修、原書房、二〇〇二年所収）のみである。

つまりわが国におけるクリスティーヌの一般的なイメージは、あいかわらず「女性の名誉と女性の権利との勇敢な弁護人」（ホイジンガ『中世の秋』堀越孝一訳）以上のものではない。彼女が恋愛詩をつくり、王の伝記を執筆し、道徳、政治、軍事にいたるまでの多様な分野を網羅する、きわめて学識豊かな作家であったことは、ほとんど顧みられることはなかった。

このようにクリスティーヌがあまり注目されてこなかった理由のひとつは、彼女の代表作である『女の都』が、ボッカッチョの『名婦伝』（*De mulieribus claris*）の影響を強く受けて書かれた古今の著名婦人列伝であり、この作品そのもののオリジナリティが評価されなかったからかもしれない。概して中世に書かれた著名人の伝記集成は、聖書や聖人伝、古代ギリシア・ローマの物語の繰り返しとみなされ、敬遠されがちであるが、クリスティーヌによる物語には、彼女独自の女性観が盛り込まれている。例えばコロポンのアラクネについては、ボッカッチョに則りつつ、「羊毛をさまざまな色に染めあげ、画家のごとく織物に絵を描き出す技をはじめて考案した」人物であると述べる。いっぽうミネルウァとの技くらべ、そして敗れたことに絶望して首を括り、最終的に女神に蜘蛛に変えられたという有名なエピソードについては、「神話《ファーブル》によれば、パラスが彼女を蜘蛛に変えたということです」とあっさりとすませている。要するにクリスティーヌは、「女神に挑んだ傲慢な女の哀れな末路」——例えばフランス国立図書館所蔵のボッカッチョ『名婦伝』仏訳五九八番写本の挿絵では、アラクネは首を吊る姿で描かれている——についてはあえて語らず、人類に織物技術をもたらすという、多大な貢献をなした偉人として紹介しているのである。『女の都』にとりあげられた女性は、すべてこのように美点のみが強調されているために、古典に通じた読者はかなりの違和感をおぼえるかもしれない。しかしこれが「中世末期の女性が、同性の物語をどのように味わったか」を伝えてくれる、きわめて興味深い史料であることは間違いない。

本書でも言及されているドゥオダの『母が子に与うる遺訓の書』（岩村清太訳、知泉書館、二〇一〇年）やイゾッタ・ノガローラの「アダムとエヴァの罪の同等性あるいは非同等性について」（喜多村明里訳、『原典イタリア・ルネサンス人文主義』名古屋大学出版会、二〇〇九年所収）など、中・近世に生きた女性文化人の著作が、少しずつではあるが脚光を浴びるようになってきている。女性に自らの価値を気づかせてくれた我らがクリスティーヌの長編の邦訳も、一日も早く出版されることを私は願ってやまない。

「イタリア人」クリスティーヌ

本書の著者マリア・ジュゼッピーナ・ムッツァレッリ氏は、一九五一年ボローニャ生まれ、一九七三年ボローニャ大学卒、そして現在、同大学文学部で中世の都市史や服飾史を教えている。著作としては『過渡期におけるユダヤ人とイタリア都市――十四―十六世紀のチェゼーナのケース』（*Ebrei e città d'Italia in età di transizione: il caso di Cesena dal XIV al XVI secolo*, 1984）、『金と救済――モンテ・ディ・ピエタ構想』（*Il denaro e la salvezza. L'invenzione del Monte di Pietà*, 2001）、『女性と食物――歴史における関係性』（*Donne e cibo. Una relazione nella storia*, 2003）、『人間をとる漁師――中世末期の説教師と広場』（*Pescatori di uomini. Predicatori e piazze alla fine del Medioevo*, 2005）等があり、ユダヤ人史、経済史、女性史、食物史、説教史といった幅広いジャンルを手がける。とりわけ服飾史については『外見の詐欺――中世末期における服飾品の規制』（*Gli inganni delle apparenze. Disciplina di vesti ed ornamenti alla fine del medioevo*, 1996）、『中世の衣裳箪笥――十三―十六世紀の服装と社会』（*Guardaroba medievale. Vesti e società dal XIII al XVI secolo*, 1999）といった著作があり、近年では中世のエミリア＝ロマーニャ州やウンブリア州で公布された奢侈禁止令に関する研究を進めている。なお、わが国における中世イタリア史研究の草分け的存在である故・星野秀利氏をはじめとして、多くの日本人研究者と親交をもつ。来日経験も数回あり、二〇〇二年には中・近世における女性と食物との関わりについての講演（「中世・近世ヨーロッパにおける女性観と食物」山辺規子訳、『家政學研究』四九号、二〇〇三年所収）を奈良女子大学と京都橘大学で、さらに二〇〇四年には女性と衣服の関係についての講演を東京大学でおこなっている。

Foto: Remo Rodolfi, Monterenzio

そのムッツァレッリ氏が二〇〇七年に発表した本書は、一見、これまでの氏の研究とはまったく関わりがないように思われる。そもそもクリスティーヌの伝記は、本書でもしばしば参照されているチャリティ・キャノン・ウィラードによるもの（一九八四年）をはじめとして、欧米では数多く出版されており、題材としてはけっして珍しいものではない。二〇〇九年にも、フランス国立高等師範学校教授フランソワーズ・オートランによる五〇〇頁を越えるモノグラフが出版されている。

しかし本書には他のクリスティーヌ・ド・ピザン研究にはない、独自の視点が盛り込まれている。まず第一に、ムッツァレッリ氏は、クリスティーヌが「イタリア人」であることを読者に思い起こさせている。むろん従来の伝記がクリスティーヌの生まれを無視してきたわけではないが、現存する作品がすべてフランス語で書かれているということもあり、彼女の出自がその著作活動と深く関わるという書き方をしないのがつねである。ところが氏は、クリスティーヌの姓として使われているピッツァーノ（右頁写真参照）という小村から、この物語を書き起こす。そして当時の最高学府ボローニャ大学で教鞭をとった父親の授けた教育が、クリスティーヌという人物をつくりあげたとする。氏は生地ヴェネツィアよりもピッツァーノ、そしてボローニャというエミリア=ロマーニャの地こそに、彼女の原点をみる。

本書の第二の特徴は、写本挿絵中のクリスティーヌの着衣に注目するという、服飾史家らしい感性が垣間見えることである。ハーレイ四四三一番写本をはじめとする、クリスティーヌ作品の写本挿絵に関する研究は数多いが、描かれている人物たちの服装については、挿絵の作者や様式的問題ほどには関心をもたれていなかった。氏によれば、華麗な服装に身を包むパトロンや貴婦人たちに囲まれてもなお存在感を示すクリスティーヌの青いコタルディと白いかぶりものは、知的な職業をもつ女性という、己の立場をあらわすために彼女自身が選んだものであるという。

第三にムッツァレッリ氏は、クリスティーヌのフェミニストとしての側面ばかりを強調することには問題があるとしている。氏は、十九世紀以降のクリスティーヌ再評価はジェンダー研究者たちの力によるところが大きいことを認めつつも、それがかえって彼女のイメージを固定してしまったのではないかと指摘する。クリスティーヌはたしかに一連の「薔薇物語論争」や『女の都』執筆を通して同性を擁護してきたが、あくまで彼女はほとんどの女性が発言すらできない時代の人間であって、現代のジェンダー研究者が期待するような女権拡張を叫ぶ運動家ではなかったのである。

本書第十五章で言及されているクリスティーヌ・ド・ピザンに関する国際学会は、一九九二年六月にベルリンで初めて開催された。その後、第二回オルレアン、第三回ローザンヌ、第四回グラスゴー、第五回ザルツブルグ、第六回パリ、そして第七回は二〇〇九年九月二二日から二六日にかけて、ボローニャ大学で開催された。いわばクリスティーヌは初めて「里帰り」したわけである。発表者としては、ムッツァレッリ氏や『女の都』伊訳版を刊行したパトリツィア・カラッフィ氏らのボローニャ大学教授陣、その他イタリア各地、フランス、アメリカ、イギリス等からの錚々たる顔ぶれがあり、そして冒頭で触れた日本におけるクリスティーヌ研究の第一人者・佐木茂美氏も名を連ねている。

このような学術的な動きのみならず、クリスティーヌという人物の存在をより広く一般に伝えようとする活動もさかんである。二〇〇九年一〇月、イタリアの女優ステファニア・サンドレッリ氏の初の監督作品となるクリスティーヌの伝記映画「クリスティーヌ／クリスティーナ」（主演はサンドレッリ氏の長女アマンダ）が、ローマの国際映画祭で上演され、好評を博した。それにあわせ、二〇〇九年一二月二日から二〇一〇年一月三一日までボローニャ市立中世博物館で、ナナ・チェッキのデザインによる映画で着用された衣裳の展覧会が開催された。サンドレッリ氏は映画製作にあたり、このムッツァレッリ氏の本を傍らに置き、たびたび電話で連絡をとりあっていたという。映画の概要、そして展覧会の模様は、二〇一〇年十一月にイタリア文化会館・東京でおこなわれるムッツァレッリ氏の来日記念講演会において紹介される予定である。

本書の出版にあたっては、たくさんの方々にお世話になった。まずは原著者であるムッツァレッリ氏ご本人に、限りない感謝をもって本書を捧げたい。氏は、二〇〇二年の来日時に、奈良で数時間言葉を交わしただけの私を忘れず、この仕事をお任せになった。翻訳は当方の不如意から遅延に遅延を重ねたが、たびたびメールで励ましのおことばをくださった。先述の国際学会にも映画祭にも立ちあうことのできなかった私であるが、二〇〇九年十一月に、クリスティーヌの写本の複製画がたくさん飾られた氏の研究室を訪れたさいには、学会での発表原稿や最近の論考（最新の論は『ジャンヌ・ダルク讃歌』に関するものである）、映画に関する新聞記事など、このあとがきを書くためのさまざまな資料や助言を氏からいただいた。ここに掲載したピッツァーノの写真も、氏からご提供いただいたものである。「日本語版への序文」執筆も快くお引き受けいただき、まことに感謝に堪えない。イタリアの、それもボローニャの生んだ偉大な女性をひとりでも多くの人に知ってもらいたいという氏の熱意に、私は強く打たれた。

そしてこの仕事を仲介してくださり、また知泉書館をご紹介いただいた大阪市立大学教授・大黒俊二先生、さらには二〇〇二年にムッツァレッリ氏とお引き合わせくださった奈良女子大学教授・山辺規子先生にも厚く御礼申し上げる。おふたりともかつてボローニャ大学で学ばれ、以来、ムッツァレッリ氏と研究上のおつきあいを深めてこられたという経緯があり、この翻訳にあたって私は多くのご助言と激励のおことばをいただいた。さらにお茶の水女子大学教授・徳井淑子先生にも感謝申し上げたい。クリスティーヌ・ド・ピザンという女性の存在を私が初めて知ったのは、まさしく二〇年前の恩師の講義においてだったからである。

また邦訳にあたり、イタリア語の難解なニュアンスについてご教示いただいた日本学術振興会外国人特別研究員マルチェッラ・M・マリオッティ氏、訳稿や図版の整理、校正作業、索引作成でお世話になった国際基督教大学ティーチング・アシスタント佐久間明日香氏、さらには二〇〇九年冬に『女の都』講読につきあってくれた国際基督教大学西洋美術史ゼミの学生諸君（はからずも全員女性であった）にも御礼申し上げる。最後に、本書の意義をご理解くださり、出版をご快諾くださった知泉書館代表取締役・小山光夫氏には、心から謝意を表したい。

『女の都』冒頭で、読書に没頭するクリスティーヌは、母親に夕食に呼ばれる（本書第八章参照）。机に向かう仕事をする女性であれば少なからず経験する、日常のささやかなひとこまである。四〇をとうに過ぎても母親に食事を作らせている私はこのくだりを読んだとき、六〇〇年も前の女性を急に身近に感じた。この拙訳によって、読者の方々にクリスティーヌ・ド・ピザンという女性に対して少しでも親しみをもっていただけたとしたら、私はムッツァレッリ氏との約束を果たせたことになる。

二〇一〇年三月

伊藤亜紀

マリア・ジュゼッピーナ・ムッツァレッリ
(Maria Giuseppina Muzzarelli)
1951年ボローニャ生まれ。現在，ボローニャ大学文学部教授。専門は中世史と都市史。中世イタリアの経済やユダヤ人，説教，女性，服飾，食物などに関する多数の著作・論文がある。

伊藤 亜紀（いとう・あき）
1967年千葉県生まれ。1999年お茶の水女子大学大学院人間文化研究科比較文化学専攻修了。現在，国際基督教大学教養学部上級准教授。専門はイタリア服飾史と色彩象徴論。著書に『色彩の回廊――ルネサンス文芸における服飾表象について』（ありな書房，2002年），シシル『色彩の紋章』（共訳，悠書館，2009年）等がある。

〔フランス宮廷のイタリア女性〕　ISBN978-4-86285-086-7

2010年6月20日　第1刷印刷
2010年6月25日　第1刷発行

訳　者　伊　藤　亜　紀
発行者　小　山　光　夫
印刷者　藤　原　愛　子

発行所　〒113-0033 東京都文京区本郷1-13-2
電話03(3814)6161 振替00120-6-117170
http://www.chisen.co.jp
株式会社　知　泉　書　館

Printed in Japan　印刷・製本／藤原印刷

人名／著作名索引

ア　行

アウグスティヌス Augustinus……………………54,100,138,147
『神の都』*De Civitate Dei*……………………54,100,138
アギノルフォ（クリスティーヌ・ド・ピザンの兄弟）Aghinolfo
……………………………………………………19
アナスタシア Anastasia……………………………100
アナステーズ Anastaise……………………………92-93,99
アラクネ Arachne……………………………………92
アリエノール・ダキテーヌ Allénor d'Aquitaine……………26,74
アリストテレス Aristoteles……………………132-133,139
『倫理学』……………………………………132,139
『政治学』……………………………………139
アルクィン Alcuin……………………………………128
アルテミシア Artemisia……………………………90
アルノルフィーニ Arnolfini…………………………71
アントネッロ・ダ・メッシーナ Antonello da Messina……………73
アントワーヌ・ド・ブラバン Antoine de Brabant……………158
アントワーヌ・ド・ラ・サル Antoine de la Salle……………178
アンヌ（ルートヴィヒ・フォン・バイエルンの妻）Anne……163
アンヌ・ド・フランス Anne de France……………………82
アンヌ・ド・ブルターニュ Anne de Bretagne……………113,165,179
イサベル１世 Isabel I……………………………………164
イサベル・デ・ポルトゥガル Isabel de Portugal……………164
イザボー・ド・バヴィエール Isabeau de Bavière……44,69,79-80,
99,126,133,146,160-162,164,166,192
ヴァレンティヌス Valentinus………………………………41
ウィクリフ，ジョン Wycliffe, John……………………141-142,145
ヴィスコンティ，ヴァランティーヌ Valentine Visconti……41,59,

162, 177
ヴィスコンティ，ジャン・ガレアッツォ Gian Galeazzo Visconti ……………… 177–178
ウィルヘルムス（ドゥオダの息子）Wilhelmus ……………… 130
ウェゲティウス Flavius Vegetius Renatus ……………… 150
ヴェラール，アントワーヌ Antoine Vérard ……………… 113, 178
ウェルギリウス Publius Vergilius Maro ……………… 129
ヴォルテール Voltaire ……………… 179
ウルバヌス6世 Urbanus VI ……………… 59
ウルフ，ヴァージニア Virginia Woolf ……………… 73
エイクシメニス，フランセスク Francesc Eiximenis ……………… 114
『女性についての書』*Llibre de les Dones* ……………… 114
エステル Esther ……………… 95
エドワード3世 Edward III ……………… 26–27
エラスムス Desiderius Erasmus ……………… 148
エリザベス1世 Elizabeth I ……………… 165
エリザベッタ（メッシーナの）Elisabetta ……………… 95
エリザベート（ハンガリーの）Elisabeth von Ungarn ……………… 57
エレオノール（フランソワ1世妃）Éléonore de Habsbourg ……………… 179
オウィディウス Ovidius ……………… 89
オテア Othéa ……………… 21, 35
オレーム，ニコラ Nicolas Oresme ……………… 139–141

カ　行

カステル，エティエンヌ Étienne Castel ……………… 4, 19
カステル，ジャン・ド Jean de Castel ……………… 56, 131, 159
カッサンドラ Cassandra ……………… 94
カテリーナ・ダ・シエナ Caterina da Siena ……………… 168, 170–171
カテリーナ・デ・ヴィグリ Caterina de'Vigri ……………… 173
カトー Cato ……………… 89
カミッラ Camilla ……………… 190
カルメンタ Carmenta →ニコストラータの項を見よ
ギヨーム・ド・マショー Guillaume de Machaut ……………… 29

ギヨーム・ド・ロリス Guillaume de Lorris……………………37-38
『薔薇物語』 →ジャン・ド・マンの項を見よ
グアリーノ・ダ・ヴェローナ Guarino da Verona………………172
クリスティーヌ・ド・ピザンの著作
『愛神への書簡』*Epistre au Dieu d'Amours*…31,39-40,42,85,178
『運命の変転の書』*Le Livre de la Mutacion de Fortune*…5,12-14,16,30,163
『オテアの書簡』*Epistre Othea*……9,21,30,34,78,106,127,150,158-161,178
『女の都』*Le Livre de la Cité des Dames*…… xiv,15,30,39,42,54,57,61,81-82,84-87,91,93-94,99,103,106-108,112-113,127,129,137,141,161-163,165-167,176-180,189,191-192
『クリスティーヌの夢の書』*Le Livre de l'advision Cristine*……6,30,57,127-128,156,163,176-177,185
『軍務と騎士道の書』*Le Livre des Fais d'armes et de chevalerie*……………………………………………56,141,149-151,178
『賢明王シャルル五世の武勲と善行の書（シャルル五世伝）』*Le Livre des fais et bonnes meurs du sage roy Charles V*……5,49-52,61,81,127,137-138,150,157-158,163
『ジャンヌ・ダルク讃歌』*Le Ditié de Jehanne d'Arc*…… xiv,58,142,183,185,194
『人生の牢獄からの書簡』*Epistre de la Prison de vie humaine*……………………………………………………34,58
『真の恋人たちの公爵の書』*Le Livre du Duc de Vrais Amans*……………………………………………………33,57
『政体の書』*Le Livre du Corps de Policie*……30,34,127,140-141,152,178
『長き研鑽の道の書』*Le Livre du Chemin de long estude*…13,30,52,128-129,150,159
『人間の誠実さに関する書』*Le Livre de la Prod'ommie de l'omme*……………………………………………………57,158
『薔薇の物語』*Le Dit de la Rose*………………………40-42,44,158
『薔薇物語に関する書簡の書（薔薇物語論争）』*Le Livre des Epistres sur le «Roman de la Rose»*……………………30,44,162

『百のバラード』*Cent ballades*……………………………………28
『二人の恋人の論争』*Le Débat de deux amants*……………31, 158
『フランス王妃イザボー・ド・バヴィエールへの書簡』*Epistre à Isabelle de Bavière, reine de France* ………………………57, 146
『フランスの諸悪についての嘆き』*La Lamentacion sur les maux de la France*…………………………………………………… 152
『平和の書』*Le Livre de la Paix* ……… 30, 34, 51–52, 57, 133, 138, 142–145
『ポワシーの物語の書』*Le Livre du Dit de Poissy*………… 31, 33
『三つの愛の審判の書』*Le Livre des Trois Jugements amoureux* …………………………………………………………31, 159
『三つの徳の書，あるいは女の都の宝典』*Le Livre des Trois Vertus ou Le Trésor de la Cité des Dames* …… 19, 30, 55, 57, 61, 65, 71, 75–76, 82, 93, 98, 103, 106–109, 111–112, 118, 127, 142, 147, 161, 164, 177, 192
『わが主の受難に関する瞑想の祈り』*Les heures de contemplacion sur la Passion de Nostre Seigneur*…………………… 56, 58, 168
『わが息子ジャン・ド・カステルに与える道徳的教訓』*Les enseignements moraux donnés a Jean de Castel mon fils*……… 130
グリゼルダ Griselda………………………………………………95, 97
グレゴリウス１世（大）Gregorius I ………………………… 128
グレゴリウス11世 Gregorius XI…………………………………… 170
クレメンス７世 Clemens VII ……………………………………59
クロティルド Clotilde…………………………………………………95
ケンプ，マージェリー Margery Kempe……………………… 168–169
コル，ゴンティエ Gontier Col……………………………………35
コル，ピエール Pierre Col…………………………………… 35, 43
コルニフィキア Cornificia ……………………………………………91

サ　行

サッポー Sappho………………………………………………77–78, 91
シェイクスピア William Shakespeare ……………………… 192
『ヘンリー五世』*Henry V*…………………………………………… 192

ジェルソン，ジャン Jean Gerson……………………43, 148, 161, 184
シカゴ，ジュディ Judy Chicago……………………………………182
シムノン，ジョルジュ Georges Simenon…………………………109
シモン・ル・クートゥリエ（カボシュ）Simon le Coutelier
（Caboche）………………………………………………………140
シャルル4世 Charles IV………………………………………26, 52, 90
シャルル5世（賢明王）Charles V le Sage……8-10, 14, 18, 22, 27, 30, 34-35, 51-54, 58, 64-65, 76, 99, 131-132, 139, 162, 191, 193
シャルル6世 Charles VI………18, 22, 27, 35, 46, 53, 58, 60, 65, 126, 143, 150, 161, 166, 192
シャルル7世 Charles VII………xvi, 25, 60, 183, 185-188, 191, 193
シャルル・ドルレアン Charles d'Orléans…………………………141
ジャン2世（善良王）Jean II le Bon…………………………64, 76
ジャン無怖公 Jean sans Peur……51, 56, 59, 126-127, 140, 143, 158, 166-167
ジャン・ド・ヴェルシン Jean de Werchin…………………………159
ジャン・ド・クレルモン Jean de Clermont…………………………163
ジャン・ド・ブルボン Jean de Bourbon………………………………33
ジャン・ド・ベリー Jean de Berry……………………22, 34, 99, 159
ジャン・ド・マン Jean de Meun……28, 35, 37-43, 45, 95, 110, 184
『薔薇物語』*Le Roman de la rose*……………28, 35, 37, 40, 42-44
ジャン・ド・モントルイユ Jean de Montreuil……………………42
ジャンヌ（シャルル4世妃）Jeanne d'Évreux……………………90
ジャンヌ・ダルク Jeanne d'Arc……25, 60, 142, 169, 184, 186-192, 194
ジョヴァンニ・ダ・レニャーノ Giovanni da Legnano……147, 150-151
ジョヴァンニ・ダンドレア Giovanni d'Andrea……………96, 171
ジョン・オブ・ソールズベリー John of Salisbury……140, 152-153
『ポリクラティクス』*Policraticus*…………………………140, 152
シラーニ，エリザベッタ Elisabetta Sirani…………………17, 174
ジルベール・ド・トゥルネー Gilbert de Tournai…………………119
スタール夫人 Anne Louise Germaine de Staël……………………52
ゼノビア Zenobia…………………………………………90, 190

セミラミス Semiramis……90

タ・ナ 行

タンクレーディ Tancredi……95
ダンテ Dante Alighieri……129, 138
『神曲』*La Divina Commedia*……129
チェッコ・ダスコリ Cecco d'Ascoli……89
チョーサー，ジョフリー Geoffrey Chaucer……61
テオドラ Teodora……100
デシャン，ユスターシュ Eustache Deschamps……14, 29, 61
ドゥオダ Dhuoda……130, 133
トマス・アクィナス Thomas Aquinas……15, 147
トンマーゾ・ダ・ピッツァーノ Tommaso da Pizzano……xiii, 3-4, 7-10, 18, 58, 106
トンマーゾ・モンディーニ・ダ・フォルリ Tommaso Mondini da Forlì……6
『解剖学』*Anotomia Mundini*……6

ナタリア Natalia……100
ニコストラータ Nicostrata……91, 94
ノヴェッラ Novella d'Andrea……96, 171
ノガローラ，イゾッタ Isotta Nogarola……172-174
ノガローラ，ジネヴラ Ginevra Nogarola……172

ハ 行

パオロ（クリスティーヌ・ド・ピザンの兄弟）Paolo……19
バッシ，ラウラ Laura Bassi……172
バルトロ・ダ・サッソフェッラート Bartolo da Sassoferrato……151
ヒエロニムス Eusebius Sophronius Hieronymus……73, 85
『ヨウィニアス駁論』*Adversus Iovinianum*……85
ヒルデガルド Hildegard von Bingen……25
ファン・エイク Jan van Eyck……71

フィリップ2世（尊厳王）Philippe II Auguste……………………53
フィリップ4世（美王）Philippe IV le Bel………………………31
フィリップ6世 Philippe VI ……………………………………27
フィリップ豪胆公（フィリップ・ド・ブルゴーニュ）Philippe de Bourgogne, Philippe le Hardi …………22, 49-51, 53, 58, 125-127, 157-159, 163
フィリップ・ダルトワ Philippe d'Artois……………………33-34
フィリップ・ド・メジエール Philippe de Mézières …………48, 138
フィリッポ・ダ・ノヴァーラ Filippo da Novara …………………114
フォスカリーニ，ルドヴィーゴ Ludovico Foscarini……………174
プティ，ジャン Jean Petit ……………………………………141
『フランス大年代記』*Grandes Chroniques de France* ……………52
フランチェスコ・ダ・バルベリーノ Francesco da Barberino ……………………………………………101, 121-122
『女性の立居振舞について』*Reggimento e costumi di donna*‥101, 107
プルタルコス Plutarchus ……………………………………152
フレデゴンデ Frédégonde……………………………………90
プローバ Proba ………………………………………………77, 91
フロワサール，ジャン Jean Froissart ……………………………29
フロンティヌス Sextus Julius Frontinus…………………………150
ヘクトール Hector…………………………………………21, 35
ベーダ Beda ………………………………………………128
ペトラルカ，フランチェスコ Francesco Petrarca………48, 50, 128
ベニンカーザ，ヤコポ Jacopo Benincasa…………………………170
ベルナボ Bernabò…………………………………………95, 97
ベルナール（アルマニャック伯）Bernard d'Armagnac …………59
ベルナルディーノ・ダ・シエナ Bernardino da Siena ……114, 117, 121
ペンテシレイア Penthesileia……………………………………90
ベンボ，イッルミナータ Illuminata Bembo ……………………173
ヘンリー4世 Henry IV ………………………………………159, 177
ヘンリー5世 Henry V………………………………………60, 144
ヘンリー6世 Henry VI ………………………………………60

ヘンリー８世 Henry VIII ……………………………………………… 165
ボーヴォワール，シモーヌ・ド Simone de Beauvoir…………… xv
『第二の性』*Le Deuxième Sexe*…………………………………… xv
ボッカッチョ，ジョヴァンニ Giovanni Boccaccio ……33，48，50，77，87，91-92，97，128
『デカメロン』*Decameron* ……………………………33，92，95，165
『名婦伝』*De Mulieribus Claris*……………………………77，87，92
ホックリーヴ，トマス Thomas Hoccleve ……………………… 39-40
『キューピッドの書簡』*The Letter of Cupid* ……………………39
ボネ，オノレ Honoré Bonet………………56，145-146，148，150-151
『戦いの樹』*L'Arbre des batailles*…………………………56，150

マ　行

マキャヴェッリ Niccolò Machiavelli ……………………………… 148
マクシムス，ウァレリウス Valerius Maximus……………………… 150
マテオルス Matheolus ……………………………………………84-87，95
『嘆きの書』*Liber Lamentationum Matheoli*……………………85
マリー（シャルル７世の姉）Marie de Valois …………………… 183
マリー・ド・オングリ Marie de Hongrie………………………… 179
マリー・ド・フランス Marie de France ……………………… 26，74
マリー・ド・ブルゴーニュ Marie de Bourgogne………………… 167
マリー・ド・ベリー Marie de Berry ……………………………33-34
マルグリット・ド・ナヴァール Marguerite de Navarre ………… 178
マルグリット・ド・ブルゴーニュ（ド・ヌヴェール）Marguerite de Bourgogne（de Nevers） ………61，108，113，126，162，166，192
マルグリット・ドートリッシュ Marguerite d'Autriche…… 167，179
マルタン・ル・フラン Martin Le Franc ………………………… 179
『女性の擁護者』*Le Champion des dames* ……………………… 179
マルティア Martia…………………………………………………77
マルティナ Martina ……………………………………………… 100
ミネルウァ Minerva………………………………………………80
ミランチャ（ジョヴァンニ・ダンドレアの妻）Milancia ……… 171
『メナジエ・ド・パリ』*Le Ménagier de Paris* ………………… 114

ヤ・ラ 行

ユディト Judith……95

ラウール・ド・プレール Raoul de Presles……54
ラティーニ，ブルネット Brunetto Latini……55, 128
『小宝典』*Tesoretto*……55
ラブレー，フランソワ François Rabelais……179
ランブール兄弟 Frères de Limbourg……76
『ベリー公のいとも豪華なる時祷書』*Les Très Riches Heures du duc de Berry*……76-77, 111
リチャード２世 Richard II……162, 177
ルイ９世（聖王）Louis IX, Saint Louis……52, 57
ルイ14世 Louis XIV……53
ルイ・ド・ギュイエンヌ Louis de Guyenne……56, 60-61, 131, 149, 162, 166, 192
ルイ・ドルレアン Louis d'Orléans……22, 35, 41-42, 50-51, 58-59, 78, 126, 130, 140-141, 158-159, 162, 177
ルイーズ・ド・ケラリオ Louise de Keralio……180
ルイーズ・ド・サヴォワ Louise de Savoie……179
ルチア Santa Lucia……100

原　注

序文

1) *La città delle dame*, a cura di P. Caraffi (ed. E.J. Richards), Milano, 1997.

2) In P. Tomacelli, *Le figlie di Raab. La donna nel medioevo francese e il femminismo politico di Christine de Pisan*, Milano, 1998, pp. 191-223. Cfr. Ch. de Pizan, G. Col, J. De Montreuil, J. Gerson e P. Col, *Il dibattito sul «Romanzo della Rosa»*, a cura di B. Garavelli, Milano, 2006.

3) S. De Beauvoir, *Il secondo sesso* (1961), 2 voll., Milano, 2002, vol. I, p. 172.

I　あるイタリア女性の物語

1) *Dizionario Biografico degli Italiani*, s. v. *Cristina da Pizzano*, compilat. J.-Y. Tilliette, vol. XXXI, Roma, 1985, pp. 40-47. クリスティーヌに関する最新の伝記は，本書の執筆をすでに終えていた頃にフランスで出版された。S. Roux, *Christine de Pizan. Femme de tête, dame de cœur*, Paris, 2006.

2) 『軍務と騎士道の書』の英訳 *The Book of Deeds of Arms and of Chivalry*, ed. by C. Cannon Willard, University Park, Penn., 1999, in partic. p. 13 を参照のこと。

3) *Epistre Othea*, éd. critique par G. Parussa, Genève, 1999, p. 196.

4) *Le Livre de la Mutacion de Fortune*, éd. S. Solente, 4 voll., Paris, 1959-66, vol. I, vv. 452-464.

5) A. Paupert, *«La narracion de mes aventures»: des premiers poèmes à l'«Advision», l'élaboration d'une écriture autobiographique dans l'œuvre de Chirstine de Pizan*, in *Au champs des escripture. III Colloque international sur Christine de Pizan* (Lausanne, 18-22 juillet 1998), études réunies et publiées par E. Hicks, Paris, 2000, pp. 51-71.

6) *Le Livre de l'advision Cristine*, éd. critique par C. Reno et L. Dulac, Paris, 2001, vol.III, pp. 95-96. この一節の伊訳は，E. Carrara,

Christine de Pizan. Biografia di una donna di lettere del XV secolo, in «Quaderni medievali», 29, 1990, pp. 65–82, in partic. p. 65 にある。

7) N. Wandruszka, *Familial Traditions of the da Piçano at Bologna*, in *Context and Continuities. Proceeding of the IVth International Colloquium on Christine de Pizan (Glasgow, 21–27 July 2000) published in honour of L. Dulac*, ed. by A. J. Kennedy, R. Brown-Grant, J.C. Laidlaw and C. M. Mueller, Glasgow, 2002, pp. 889–906.

8) N. Wandruszka, *The Family Origins of Christine de Pizan: Noble Lineare between City and Contado in the Thirteenth and Fourteenth Centuries*, in *Au champ des escripture*, cit., pp. 111–130, in partic. p. 113. E. Niccolini, *Cristina da Pizzano. L'origine e il nome*, in «Cultura neolatina», I, 1941, pp. 143–150 も参照のこと。

9) N. Wandruszka, *The Family Origins of Christine de Pizan*, cit., p. 117.

10) M. Montanari, *Come nasce un mito gastronomico. Bologna fra localismo e internazionalismo*, in *Bologna grassa. La costruzione di un mito*, a cura di M. Montanari, Bologna, 2004, pp. 9–24.

II　運命と教育，あるいは教育を受ける運命

1) *Le Livre de la Mutacion de Fortune*, cit.

2) *Ibidem*, vv. 63–72.

3) *Le Livre du Chemin de long estude*, éd. A. Tarnowski, Paris, 2000, p. 91.

4) *Ibidem*.

5) C. Kiehl, *Christine de Pizan and Fortune: A Statistical Survey*, in *Context and Continuities*, cit., pp. 443–452.

6) *Le Livre de la Mutacion de Fortune*, cit., pp. XV, CII e 75–76. 挿絵については，ブリュッセル王室図書館所蔵9508番写本のフォリオ17を参照のこと。

7) *Grande Dizionario Enciclopedico Utet*, s. v. *Eustache Dechamps*, compilat. M. Zini, vol. VI, Torino, 1980, p. 499.

8) M. Lacassagne, *La figure de Fortune dans «Le Livre de la Mutacion de Fortune» de Christine de Pizan et la poésie d'Eustache Deschamps*, in *Au champ des escriptures*, cit., pp. 219–230, in partic. p. 219.

9) E. J. Richards, *Sulla natura delle donne e la scrittura di genere*, in *Christine de Pizan. Una città per sé*, cit., pp. 99-115. トマス・アクィナスの女性観については，次を参照。N. T. D'Alverny, *Come vedono le donne i teologi e i filosofi*, in M.C. De Matteis (a cura di), *Idee sulla donna nel medioevo: fonti e aspetti giuridici, antropologici, religiosi, sociali e letterari della condizione femminile*, Bologna, 1981, pp. 259-303 および J. F. Hartel, *«Femina ut imago Dei» in the Integral Feminism of St. Thomas Aquinas*, Roma, 1993.

10) *La città delle dame*, cit., I, X, pp. 84-85.

11) *Le Livre de la Mutacion de Fortune*, cit., vol. I, vv. 413-438.「しかし女として生まれて，父の財をわたしは利用したが，公正さのためというよりも習慣のために，大いなる価値を有した泉のなかにあるものを受け継ぐことができなかったのは不都合なことであった。もし法がきちんと施行されていれば，息子はもちろんのこと娘も，何も失うことはないだろうが，多くの地では，法よりもむしろ風習が幅を利かせていることをわたしはじゅうぶんにわきまえている。このためあらゆる場所で，わたしは教育を受けていなかったために，この大いなる宝を掌中にすることができなかったのである。ゆえにわたしはこの習慣が不快であった。というのは，もしこのような習慣がなかったとしたら，泉のなかから取り出した宝で，おおいに富み，潤い，そして満ち足りただろうからである。わたしはあなたがたに良き望みを抱いていたし，そしていまだに大きな願望をもっている」。「神から呪われた」当時の習慣に対する要求は十分とは言えなかった。

12) *The «Livre de la Paix»*, ed. by C. Cannon Willard, The Hague, 1958, p. 60.

13) *Le Livre de la Mutacion de Fortune*, cit., vol. I, v. 2.

14) L. Petit de Julleville, *Histoire de la langue et de la littérature françaises des origines à 1900*, Paris, 1896-99, vol. II, p. 366.

15) A. Modesti, *Elisabetta Sirani: una virtuosa del Seicento bolognese*, Bologna, 2004; *Elisabetta Sirani «eroina» 1638-1665*, a cura di J. Bentini e V. Fortunati, Bologna, 2004.

16) F. Autrand, *Charles V le Sage*, Paris, 1994.

17) *Le Livre de la Mutacion de Fortune*, cit., vol. I, p. 37.

18) R. Pernoud, *Storia di una scrittrice medievale. Cristina da Pizzano*, Milano, 1996, p. 47.

19） *Le Livre de l'advision Cristine*, cit., p. 100.

20） C. Cannon Willard, *Christine de Pizan. Her Life and Works*, New York, 1984, pp.39, 42-43.

21） 例えば *Le Livre de l'advision Cristine*, cit., pp. 103, 105.

22） 本書112頁参照。

23） *Ballade*, XI, in *Oeuvres poétiques de Christine de Pizan*, a cura di M. Roy, 3 voll., Paris, 1886-96, vol. I, p. 15; trad. di P. Caraffi, *Christine de Pizan e la Città delle Dame*, in *Lo spazio letterario del Medioevo, 2. Il Medioevo volgare*, vol. IV, *L'attualizzazione del testo*, Roma, 2006, pp. 573-593, in partic. p. 579.

24） *Ballades, rondeaux and virelais, an anthology*, ed. by K. Varty, Leicester, 1965.

25） 第１章注３を参照のこと。

26） B. Guenée, *La folie de Charles VI. Roi Bien Aimé*, Paris, 2004.

27） *Donne e lavoro nell' Italia medievale*, a cura di M. G. Muzzarelli, P. Galetti e B. Andreolli, Torino, 1991 および *Il lavoro delle donne*, a cura di A. Groppi, Roma-Bari, 1996 の第一部 *L'età medievale* を参照のこと。

28） *Le Livre de la Mutacion de Fortune*, cit., vol. I, vv. 1391-1393, p. 53.

29） *Ibidem*, vv. 1347-1353 e 1359-1361.

30） A. H. King-Lenzmeier, *Ildegarda di Bingen. La vita e l'opera*, Milano, 2004. 以下も参照のこと。M. T. Fumagalli Beonio Brocchieri, *Ildegarda di Bingen. Invito alla lettura*, Cinisello Balsamo, 2000.

31） P. Caraffi, *Alleanze e saperi femminili nei «Lais» di Maria di Francia*, in Ead., *Figure femminili del sapere (XII-XV secolo)*, Roma, 2003, pp. 15-36.

32） C. Allmand, *La guerra dei Cent'Anni. Eserciti e società alla fine del Medioevo*, Milano, 1990.

Ⅲ　恋愛詩と宮廷趣味

1） Pernoud, *Storia di una scrittrice medievale*, cit., p. 83.

2） *Ibidem*, p. 42.

3） Cannon Willard, *Christine de Pizan. Her Life and Works*, cit.,

p. 56.

4) *Dizionario Biografico degli Italiani*, s. v. *Cristina da Pizzano*, cit., p. 42.

5) *Le Livre de l'advision Cristine*, cit., p. 111.

6) B. K. Altmann, *The Love Debate Poems of Christine de Pizan: «Le Livre du Débat de Deux amants», «Le Livre des Trois Jugements», «Le Livre du Dit de Poissy»*, Gainesville, University Press of Florida, 1998.

7) N. Chareyron, *Trois états du sentiment de l'irréversible et de la nostalgie dans le «Dit de Poissy» de Christine de Pizan*, in *Context and Continuities*, cit., pp. 243-256.

8) *Christine de Pizan's «Epistre de la prison de vie humaine»*, ed. by A. Kennedy, Glasgow, University of Glasgow Press, 1984.

9) S. Hindmann, *Christine de Pizan's «Epistre Othea». Painting and Politics at the Court of Charles VI*, Toronto, 1986, p. 23.

10) *Epistre Othea*, cit., pp. 28-29.

11) *Il dibattito sul «Romanzo della Rosa»*, cit., pp. 5-19.

Ⅳ 「女性論争」

1) M. M. Rivera Garretas, *La «Querelle des femmes» nella «Città delle dame»*, in *Christine de Pizan. Una città per sé*, a cura di P. Caraffi, Roma, 2003, pp. 87-97, in partic. pp. 87-88.

2) *La città delle dame*, cit., I, VIII, p. 69. 以下を参照。A. Giallongo, *Christine de Pizan. Il potere del quotidiano nel XV secolo*, in *Donne di palazzo nelle corti europee. Tracce e forme di potere dall'Età moderna*, a cura di A. Giallongo, Milano, 2005, pp. 29-48, in partic. pp. 31-35.

3) Guillaume de Lorris, Jean de Meung, *Le Roman de la Rose*, versione italiana a fronte a cura di G. D'Angelo Matassa, Palermo, 1993.

4) *Il dibattito sul «Romanzo della Rosa»*, a cura di B. Garavelli, cit., p. 17.

5) G. K. McLeod, *A Case of faux-semblant: L'«Epistre au Dieu d'Amours» and the «Letter of Cupid»*, in *The Reception of Christine de Pizan from the Fifteenth through the Nineteenth Centuries. Visitors to the City*, ed. by G. K. McLeod, Lewiston, 1991, pp. 11-24.

6) *Poems of Cupid, God of Love: Christine de Pizan's «Epistre au Dieu d'Amours» and «Dit de la Rose», Thomas Hoccleve's «The Letter of Cupid»*, ed. T. S. Fenster and M. C. Erler, Leiden-New York, 1990.

7) Pernoud, *Storia di una scrittrice medievale*, cit., p. 91.

8) *Ibidem*, p. 77.

9) *Il dibattito sul «Romanzo della Rosa»*, a cura di B. Garavelli, cit.: P. Col, *Trattato in difesa del «Romanzo della Rosa»*, pp. 77-98, in partic. p. 87.

10) *Ibidem*: Ch. de Pizan, G. Col, *Lettere sul «Romanzo della Rosa»*, pp. 23-41.

11) R. Brown-Grant, *Christine de Pizan as a Defender of Women*, in *Christine de Pizan. A Casebook*, New York-London, 2003, pp. 81-100, in partic. p. 86.

V　先駆者クリスティーヌ

1) R. Blumenfeld-Kosinsky, *Christine de Pizan et l'(Auto) biographie féminine*, in *Alle origini della biografia femminile: dal modello allo storia*, Mélanges de l'Ecole française de Rome, t.113, 2001, 1, pp. 17-28, in partic. p. 17.

2) G. Ouy e C. Reno, *Identification des autographes de Christine de Pizan*, in «Scriptorium», XXXIV, 1980, pp. 221-238.

3) T. Plebani, *All'origine della rappresentazione della lettrice e della scrittrice*, in *Christine de Pizan. Una città per sé*, cit., pp. 47-58, in partic. p. 50.

4) C. Cannon Willard, *A Fifteenth-Century View of Women's Role in Medieval Society*, in *The Role of Woman in the Middle Ages*, Albany, N. Y., 1975, pp. 90-120, in partic. p. 94.

5) J. C. Laidlaw, *Christine de Pizan. A Publisher's Progress*, in «Modern Language Review», 82, 1987, pp. 35-67.

6) *Le Livre des fais et bonnes meurs du sage roy Charles V*, éd. S. Solente, 2 voll., Paris, 1936-40, vol. I, pp. 7-8 (trad. it. in Carrara, *Christine de Pizan. Biografia di una donna di lettere*, cit., p. 75). 以下も参照。V. Rossini, *Christine de Pizan biografa di Carlo V. Per un'analisi del «Livre des fais et bonnes meurs du sage roy Charles V»*

attraverso i temi di «chevalerie» e «sagece», in «Quaderni medievali», 59, giugno 2005, pp. 51–90, in partic. p. 56.

7) Cannon Willard, *Christine de Pizan. Her Life and Works,* cit., p. 122.

8) *Ibidem,* p. 163.

9) *The «Livre de la Paix»,* cit., p. 52.

10) G. Zarri, *La memoria di lei. Storia delle donne, storia di genere,* Torino, 1996, in partic. pp. 19–21.

11) M. Zimmermann, *Mémoire—Tradition—Historiographie. Christine de Pizan et son «Livre des fais et bonnes meurs du sage roi Charles V»,* in *The City of Scholars: New Approaches to Christine de Pizan,* ed. by M. Zimmermann and D. De Rentiis, Berlin-New York, 1994, pp. 158–173.

12) Pernoud, *Storia di una scrittrice medievale,* cit., p. 103.

13) *Le Livre des fais et bonnes meurs,* cit., vol. II, p. 42.

14) M. Carmona, *Il Louvre: otto secoli di fatti e misteri,* Milano, 2006.

15) Rossini, *Christine de Pizan biografa di Carlo V,* cit., in partic. pp. 54–55.

16) L. J. Walters, *La réécriture de saint-Augustin par Christine de Pizan: de «La Cité de Dieu» à «La Cité des Dames»,* in *Au champ des escriptures,* cit., pp. 197–215, in partic. p. 199.

17) *Le Livre des Trois Vertus ou Le Trésor de la Cité des Dames,* éd. C. Cannon Willard et E. Hicks, Paris, 1989. 以下も参照のこと。*Le Livre des Trois Vertus de Christine de Pizan et son milieu historique et littéraire,* par M. Laigle, Paris, 1912.

18) *Ibidem,* p. 12.

19) J. D. Boulton, *The Treatise on Armory in Christine de Pizan's «Livre des fais d'armes et de chevalerie»,* in *Context and Continuities,* cit., pp. 87–98.

20) M. Boulton, *Christine's «Heures de contemplacion de la Passion» in the Context of Late Medieval Passion Devotion,* in *Context and Continuities,* cit., pp. 99–113.

21) *Le Livre des Trois Vertus,* Laigle, cit., p. 367.

22) A. De Silva Vigier, *Christine de Pizan. Autobiography of a*

Medieval Woman (1363-1430), Chippenham, 1996.

23） B. Guenée, *Un meurtre, une société. L'assassinat du duc d' Orléans, 23 novembre 1407*, Paris, 1992.

24） Cannon Willard, *Christine de Pizan. Her Life and Works*, cit., p. 44.

25） Carrara, *Christine de Pizan. Biografia di una donna di lettere*, cit., pp. 75-76.

26） *Le Livre des Trois Vertus*, Laigle, cit., p. 15; Cannon Willard, *A Fifteenth-Century View*, cit., p. 98.

27） *Le Livre de l'advision Cristine*, cit., p. 98.

Ⅵ 青衣の婦人

1） Plebani, *All' origine della rappresentazione della lettrice e della scrittrice*, cit., p. 47.

2） 以下を参照。*Le Vêtement. Histoire, archéologie et symbolique vestimentaires au Moyen Age*, Cahiers du Léopard d'or, Paris, 1989.

3） *Disciplinare il lusso. La legislazione suntuaria in Italia e in Europa tra medioevo ed Età moderna*, a cura di M. G. Muzzarelli e A. Campanini, Roma, 2003. 特にフランスに関しては以下を参照。N. Bulst, *La legislazione suntuaria in Francia (secoli XIII-XVIII)*, pp. 121-136.

4） O. Blanc, *Parades et parures. L'invention du corps de mode à la fin du Moyen Age*, Paris, 1997, in partic. pp. 31-36: *L'explosion vestimentaire*.

5） *Paris 1400: les arts sous Charles VI*.（展覧会カタログ）, Paris, Musée du Louvre, 22 mars-12 juillet 2004.

6） L. Rinaldi Dufresne, *A Woman of Excellent Character: A Case Study of Dress, Reputation and the Changing Costume of Christine de Pizan in the Fifteenth Century*, in «Dress», 17, 1990, pp. 104-117.

7） M. Pastoureau, *Blu. Storia di un colore*, Milano, 2002, in partic. p. 49（ミシェル・パストゥロー『青の歴史』松村恵理・松村剛訳，筑摩書房，2005年，52頁）.

8） Harley ms. 4431, f. 2r（図17を参照のこと）.

9） *Le Livre de la Mutacion de Fortune*, cit., vol. I, p. 37.

10） M. G. Muzzarelli, *Ma cosa avavano in testa? Copricapi*

femminili proibiti e consentiti fra Medioevo ed Età moderna, in *Un bazar di storie. A Giuseppe Olmi per il sessantesimo genetliaco*, a cura di C. Pancino e R. G. Mazzolini, Trento, 2006, pp. 13-28.

11) C. Song e L. R. Sibley, *The Vertical Headdress of the Fifteenth Century Northern Europe*, in «Dress», 16, 1990, pp. 4-15.

12) L. Kybalova, O. Herbenova e M. Lamarova, *Enciclopedia illustrata della moda*, Milano, 2002：かぶりものについては pp. 399-436，特に p. 410.

Ⅶ 写本挿絵という鏡のなかで

1) W. Liebenswein, *Studiolo: storia e tipologia di uno spazio culturale*, a cura di C. Cieri Via, Modena, 1992.

2) V. Woolf, *Una stanza tutta per sé*, Milano, 1991.

3) *Le Livre du Chemin de long estude*, cit., p. 97. その部屋に引きこもってボエティウスの『哲学の慰め』を手にとり，それを読んで，ゆっくりと自分の精神状態を変えていく。

4) L. Smith, *Scriba, Femina: Medieval Depictions of Woman Writing*, in *Women and the Book. Assessing the Visual Evidence*, ed. by J. H. M. Taylor and L. Smith, London-Toronto, 1966.

5) Caraffi, *Christine de Pizan e la Città delle Dame*, cit., p. 589.

6) Plebani, *All'origine della rappresentazione della lettrice e della scrittrice*, cit., pp. 47-58, in partic. p. 47.

7) London, British Library, ms. Harley 4431, f. 4r. 以下を参照。L. De G. Cheney, *Christine de Pizan's Collection of Art and Knowledge*, in *Context and Continuities*, cit., pp. 257-286, in partic. p. 260.

8) Rinaldi Dufresne, *A Woman of Excellent Character*, cit., p. 107.

9) T. Veblen, *La teoria della classe agiata* (1899), Torino, 1981.

10) *Giorni del Medioevo. Le miniature delle «Très riches heures» del duca di Berry*, Milano, 1988.

11) C. Frugoni, *Rappresentazioni di città nell'Europa medievale*, in *L'immagine delle città italiane dal XV al XIX secolo*, a cura di C. De Seta, Milano, 1998, pp. 23-44, in partic. pp. 41-42.

12) 本書109-112頁参照。

13) Blanc, *Parades et parures. L'invention du corps de mode à la*

fin du Moyen Age, cit., pp. 109–110 (ms. Harley 4431, f. 95r.).

14) *La Cité des Dames Master, Oeuvres de Christine de Pizan*, London, British Library, ms. Harley 4431, f. 2r. Cfr. D. McGrady, *What is a Patron? Benefactors and Authorship in Harley 4431 Christine de Pizan's Collected Works*, in M. Desmond (a cura di), *Christine de Pizan and the Categories of Difference*, Minneapolis-London, 1998, pp. 195–214.

15) L. Schaefer, *Die Illustrationen zu den Handschriften der Christine de Pizan*, in «Marburger Jahrbuch für Kunstwissenschaft», 1937 (1939), pp. 119–208.

16) M. Zimmermann, *La scrittrice della memoria*, in *Christine de Pizan. Una città per sé*, cit., pp. 33–45, in partic. p.36; B. Zühkle, *Christine de Pizan in Text und Bild: zur selbstdarstellung liner frühumanistischen Intellektuellen*, Stuttgart, 1994.

17) B. K. Altmann, *Christine de Pizan, First Lady of the Middle Ages*, in *Context and Continuities*, cit., pp. 17–30.

18) Rinaldi Dufresne, *A Woman of Excellent Character*, cit., p. 109.

Ⅷ 鋤と鏝をつかって

1) *La città delle dame*, cit., p. 65.

2) P. Caraffi, *Il libro e la città: metafore architettoniche e costruzione di una genealogia femminile*, in *Christine de Pizan. Una città per sé*, cit., pp. 19–31.

3) A. G. Van Hamel (a cura di), *Les lamentations de Mathéolus et le «Livre de Leesce de Jehan le Fèbre, de Resson»*, 2 voll., Paris, 1892; 1905.

4) *La città delle dame*, cit., p. 49.

5) *Ibidem*, p. 45 e 47.

6) Rivera Garretas, *La «Querelle des Femmes»*, cit., p. 95.

7) *La città delle dame*, cit., p. 69.

8) *Ibidem*, p. 73.

9) *Ibidem*, p. 153.

10) *Ibidem*, p. 181.

11) G. H. Bumgardner, *Christine de Pizan and the Atelier of the*

Master of the Coronation, in *Seconda miscellanea di studi e ricerche sul Quattrocento francese*, études réunis par F. Simone et publiées par J. Beck et G. Mombello, Chambéry-Torino, 1981, pp. 35-52.

12) Giovanni Boccaccio, *De mulieribus claris*, a cura di V. Zaccaria, Milano, 1967.

13) M. L. King, *Le donne nel Rinascimento*, Roma-Bari, 1991, pp. 254-264.

14) P. Caraffi, *Silence des femmes et cruauté des hommes: Christine de Pizan et Boccaccio*, in *Context and Continuities*, cit., pp. 175-186.

15) *La città delle dame*, cit., p. 183.

16) *Ibidem*, p. 193.

17) *Ibidem*, p. 239.

18) *Ibidem*, pp. 253-55.

19) L. Totaro, *Ragioni d'amore. Le donne del «Decameron»*, Firenze, 2005.

20) *La città delle dame*, cit., p. 269.

21) *Ibidem*, p. 281.

22) *Ibidem*, p. 315.

23) *Ibidem*, p. 317.

24) *Ibidem*, p. 329.

25) *Ibidem*, p. 373.

26) *Ibidem*, p. 409.

27) *Ibidem*, p. 415.

28) イザボー・ド・バヴィエールの「浪費癖」については，以下を参照。R. C. Gibbons, *The Queen as «Social Mannequin». Consumerism and Expenditure at the Court of Isabeau of Bavaria, 1393-1422*, in «Journal of Medieval History», 26, 4, 2000, pp. 371-395.

29) *La città delle dame*, cit., p. 433.

30) L. J. Walters, *La réécriture de saint-Augustin par Christine de Pizan: de «La Cité de Dieu» à «La Cité des Dames»*, in *Au champ des escriptures*, cit., pp. 197-215, in partic. p. 201.

31) *La città delle dame*, cit., p. 499.

32) *Ibidem*, p. 501.

33) A. Giallongo, *Il galateo e la donna nel Medioevo*, Rimini, 1987,

pp. 109-111.

Ⅸ　女子教育

1） *La città delle dame*, cit., p. 153.

2） *Ibidem*.

3） *Ibidem*.

4） *Ibidem*, p. 317.

5） *Ibidem*.

6） A. Giallongo, *Il bambino medievale. Educazione ed infanzia nel medioevo*, Bari, 1990, p. 219.

7） C. M. Reno, *Christine de Pizan: «At Best a Contradictory Figure?»*, in *Politics, Gender and Genre. The Political Thought of Christine de Pizan*, ed. by M. Brabant, Boulder, 1992, pp. 172-191, in partic. pp. 181-184.

8） R. Brown-Grant, *Christine de Pizan and the Moral Defence of Women. Reading beyond Gender*, Cambridge, 1999, in partic. p. 3.

9） R. L. Krueger, *Women Readers and the Ideology of Gender*, Cambridge, 1993, pp. 217-246.

10） K. Pratt, *The Context of Christine's «Livre des Trois Vertus»: Exploiting and Rewriting Tradition*, in *Context and Continuities*, cit., pp. 671-684, in partic. p. 671.

11） Francesco da Barberino, *Reggimento e costumi di donna*, a cura di G. E. Sansone, Torino, 1957. 以下も参照。Giallongo, *Il galateo e la donna nel Medioevo*, cit.

12） Pratt, *The Context of Christine's «Livre des Trois Vertus»*, cit.

13） *Le Livre des Trois Vertus*, cit., pp. 7-8.

14） «Cité des Dames Master», Boston Public Library, *Le Trésor de la Cité des Dames*, ms. fr. Med. 101, f. 361r (図28).

15） J. Cerquiglini-Toulet, *Christine de Pizan: dalla conocchia alla penna*, in *Christine de Pizan. Una città per sé*, cit., pp. 71-85, in partic. p. 77.

16） J. M. Walker, *Re-politicizing the Three Virtues*, in *Au champ des escriptures*, cit., pp. 533-548.

17） 本書55頁。

18) *Le Livre des Trois Vertus*, parte III, in partic. 6 e 7, pp. 197-205.

19) *Ibidem*, pp. 86-90.

20) Rinaldi Dufresne, *A Woman of Excellent Character*, cit., p. 107.

21) *Le Livre des Trois Vertus*, cit., pp. 152-157, in partic. p. 154.

22) 本書76-77頁。

23) *Le Livre des Trois Vertus*, cit., pp. 188-193.

24) C. Cannon Willard, *The Manuscript Tradition of the «Livres des Trois Vertus» and Christine de Pisan's Audience,* in «Journal of the History of Ideas», 27, 1966, pp. 433-444.

25) R. L. Krueger, *Christine's Treasure. Women's Honor and Household Economies in the «Livre des Trois Vertus»*, in *Christine de Pizan. A Casebook*, ed. by B.K. Altmann and D.L. McGrady, New York-London, 2003, pp. 101-114, in partic. p. 109.

26) R. Rusconi, *S. Bernardino da Siena, la donna e la «roba»,* in *Atti del convegno storico bernardiniano, in occasione del sesto centenario della nascita di S. Bernardino da Siena (L'Aquila, 7-9 maggio 1980)*, S. Atto di Teramo, 1982, pp. 97-110, in partic. p. 97.

27) Giallongo, *Il bambino medievale*, cit.

28) *Le mesnagier de Paris*, éd. G. F. Bereton et J. M. Ferrier, Paris, 1994.

29) Krueger, *Christine's Treasure*, cit.

X　衣裳と評判

1) M. G. Muzzarelli, *Guardaroba medievale. Vesti e società dal XIII al XVI secolo*, Bologna, 1999, in partic. cap. IV, *Vesti e comportamenti*, pp. 247-349.

2) M. G. Muzzarelli, *Le leggi suntuarie*, in *Storia d'Italia*, Annali 19, *La moda*, a cura di C. M. Belfanti e F. Giusberti, Torino, 2003, pp. 185-220.

3) W. Naphy e A. Spicer, *La peste in Europa*, Bologna, 2006, p. 34.

4) Bernardino da Siena, *Prediche volgari sul Campo di Siena. 1427,* a cura di C. Delcorno, Milano, 1989, predica XXXVII: «Come ogni cosa di questo mondo è vanità», pp. 1068-1098, in partic. p. 1075.

5） 図28を参照のこと。

6） Rinaldi Dufresne, *A Woman of Excellent Character*, cit., p. 107.

7） *Le Livre des Trois Vertus*, cit., pp. 157-160.

8） *Ibidem*, p. 157.

9） *Prediche alle donne del secolo XIII*, a cura di C. Casagrande, Milano, 1978, p. 80.

10） *Le Livre des Trois Vertus*, cit., p. 159.

11） *Ibidem*.

12） Muzzarelli, *Guardaroba medievale*, cit., p. 28.

13） *Le Livre des Trois Vertus*, cit., pp. 177-183.

14） Bernardino da Siena, *Prediche volgari sul Campo di Siena. 1427*, cit., pp. 1071-1072.

15） Giallongo, *Il galateo e la donna nel Medioevo*, cit., p. 138.

16） G. Klaniczay, *The «Bonfires of the Vanities» and the Mendicants*, in *Emotions and Material Culture*, Wien, 2003 (International Round Table-Discussion, Krems an der Donau, 7-8 October 2002), pp. 31-59.

17） *Le Livre des Trois Vertus*, cit., p. 183.

18） Muzzarelli, *Guardaroba medievale*, cit., p. 28.

19） Cfr. *La legislazione suntuaria. Secoli XIII-XVI. Emilia-Romagna*, a cura di M. G. Muzzarelli, Roma, 2002, p.124, Bologna, Provisioni 18 luglio 1398：「そして夫婦は質素に暮らすべく，ある者の妻が命令に背いた場合，夫は25ボローニャ・リッブラの増税となる」。

XI　教育のために

1） K. Langdon Forhan, *Reflecting Heroes. Christine de Pizan and the Mirror Tradition*, in *The City of Scholars*, cit., pp. 189-205, in partic. p. 201.

2） D. McGrady, *What Is a Patron?*, cit., pp. 195-214, in partic. p. 198.

3） Cannon Willard, *A Fifteenth-Century Views of Women's Role in Medieval Society*, cit., p. 98; cfr. B. Schnerb, *Jean sans Peur*, Paris. 2005.

4) R. Brown-Grant, *Christine de Pizan and the Moral Defence of Women*, cit.

5) Cfr. *Specula principum*, a cura di A. De Benedictis e A. Pisapia, Frankfurt a. M., 1999.

6) Caraffi, *Christine de Pizan e la Città delle Dame*, cit., p. 583：「わたしの歩んできた来た道について考えてみると，過去と未来の出来事は，あらゆるものの結果である。……そしてこの世の危難を考えてみると，真実の探求という唯一の目的がある。わたしは生来，星の影響により，学びへの愛へと向かっている」。

7) Cannon Willard, *Christine de Pizan. Her Life and Works*, cit., pp. 155-172.

8) R. Brown-Grant, *L'Advision Christine*, in *Politics, Gender and Genre*, cit.

9) B. Ribemont, *Christine de Pizan et la figure de la mère*, in *Christine de Pizan 2000. Studies on Christine de Pizan in Honour of Angus J. Kennedy*, ed. by J. Campbell and N. Margolis, Amsterdam-Atlanta, 2000, pp. 149-161.

10) B. Zühlke, *Christine de Pizan. Le moi dans le texte et l'image*, in *The City of Scholar: New Approaches*, cit., pp. 232-241.

11) *Le Livre de l'advision Cristine*, cit., p. 10.

12) Dhuoda, *Educare nel Medioevo. Per la formazione di mio figlio*, Milano, 1982. Cfr. F. Cardini, *Dhuoda, la madre*, in F. Bertini *et al., Medioevo al femminile*, Roma-Bari, 1989, pp. 41-62.

13) De Silva Vigier, *Christine de Pizan. Autobiography of a Medieval Woman*, cit.

14) Rossini, *Christine de Pizan biografa di Carlo V.*, cit., p. 56.

15) J. Krynen, *L'empire du roi. Idée et croyances politiques en France, XIII-XV siècle*, Paris, 1993, pp. 167-239.

16) D. Delogu, *Reinventing the Ideal Sovereign in Christine de Pizan's «Livre des fais et bonnes meurs du sage roy Charles V»*, in «Medievalia Humanistica», n. s., 31, 2005, pp. 41-58, in partic. p. 42.

17) Krynen, *L'empire du roi*, cit., p. 217.

18) *Ibidem*, p. 218.

19) A. L. Gabriel, *The Educational Ideas of Christine de Pisan*, in «Journal of the History of Ideas», XVI, 1, 1955, pp. 3-21, in partic. p. 3.

20) Dhuoda, *Educare nel Medioevo*, cit., p. 39.

XII 戦争と平和

1) C. Gauvard, *Christine de Pisan a-t-elle eu une pensée politique? À propos d'ouvrages récents,* in «Revue historique», CCL, 2, 1973, pp. 417-430.

2) *Le Livre des fais et bonnes meurs*, cit., vol. II, p. 21.

3) T. Van Hemelryck, *Christine de Pizan et la paix: la rhétorique et les mots pour le dire*, in *Au champ des escriptures,* cit., pp. 663-689, in partic. p. 666.

4) Allmand, *La guerra dei Cent'anni. Eserciti e società alla fine del Medioevo*, cit., p. 24.

5) R. Lambertini, *Crisi istituzionali e rinnovamenti teorici al declino del Medioevo (la fine del Trecento e l'età del conciliarismo)*, in *Il pensiero politico. Idee, teorie, dottrine*, a cura di A. Andreatta, A. E. Baldini, C. Dolcini e G. Pasquino, Torino, 1999, pp. 255-299, in partic. pp. 255-256.

6) *Ibidem*, p. 257.

7) J. Favier, *La guerra de cent ans*, Paris, 1980.

8) M. Mollat e P. Wolff, *Ongles bleus, Jacques et Ciompi: les révolutions populaires en Europe aux 14 et 15 siècles*, Paris, 1970.

9) A. Stella, *La révolte des Ciompi: les hommes, les lieux, le travail*, Paris, 1993; F. Franceschi, *Oltre il Tumulto: i lavoratori fiorentini dell'arte della lana fra Tre e Quattrocento,* Firenze, 1993.

10) K. Langdon Fornan, *The Political Theory of Christine de Pizan*, Aldershot, 2002, p. 159.

11) *The «Livre de la Paix»*, cit., p. 23.

12) *Ibidem*, p. 25.

13) B. A. Carroll, *On the Causes of War and the Quest for Peace: Christine de Pizan and Early Peace Theory*, in *Au champ des excriptures*, cit., pp. 337-358.

14) M. Fumagalli Beonio Brocchieri, *Cristiani in armi. Da Sant' Agostino a papa Wojtyla*, Roma-Bari, 2006, pp. 47-50.

15) M. T. Guerra Medici, *The Mother of International Law: Christine de Pizan*, in *Parliaments, Estates and Representation*, vol.19,

ed. by A.F. Upton, 1999, pp. 15-22.

16) Van Hemelryck, *Christine de Pizan et la paix,* cit., p. 685.

17) 現代語訳としては，以下を参照。«Clio. Histoire, Femmes et Sociétés», 5, *Guerres civiles,* 1997, pp. 177-184.

18) *La lamentacion sur les maux de la France,* éd. A. Kennedy, in *Mélanges de langue et littérature française du Moyen Age offerts à Charles Foulon,* Rennes, 1980, vol. I, pp. 177-185.

19) C. Bozzolo, *Familles ésclatées, amis dispersés: échos des guerres civiles dans les écrits de Christine de Pizan et de ses contemporains,* in *Context and Continuities,* cit., pp. 115-128.

20) Fumagalli Beonio Brocchieri, *Cristiani in armi,* cit.

21) Van Hemelryck, *Christine de Pizan et la paix,* cit.

22) *Le Livre de la Paix,* cit., p. 92.

23) A. Sofri, *Cari pacifisti sulla guerra vi sbagliate,* in «la Repubblica», 17 luglio 2006.

24) Carroll, *On the Causes of War,* cit., p. 353.

25) *Lettere sul Romanzo della Rosa,* in *Il dibattito sul «Romanzo della Rosa»,* cit., p. 23.

26) Boulton, *The Treatise on Armory,* cit., pp. 87-98.

27) Guerra Medici, *The Mother of International Law,* cit., p. 15.

28) Boulton, *The Treatise on Armory,* cit.

29) J. A. Wisman, *L'éveil du sentiment national au Moyen Age: la pensée politique de Christine de Pizan,* in «Revue historique», CCLVIII, 2, 1977, pp. 289-297.

30) K. Langdon Forhan, *Polycracy, Obligation, and Revolt: The Body Politic in John of Salisbury and Christine de Pizan,* in *Politics, Gender and Genre,* cit., pp. 33-52.

XIII　注文主，受取人，そして読者

1) *Le Livre de l'advision Cristine,* cit., p. 111.

2) Carrara, *Christine de Pizan. Biografia di una donna di lettere,* cit., p. 75.

3) McGrady, *What Is a Patron?,* cit., p. 197.

4) Carrara, *Christine de Pizan. Biografia di una donna di lettere,* cit., p. 76.

5)　*Ibidem.*

6)　Gauvard, *Christine de Pisan a-t-elle eu une pensée politique?*, cit.

7)　J.-L. Picherit, *Le «Livre de la Prod'hommie de l'homme» et le «Livre de Prudence» de Christine de Pizan. Chronologie, structure et composition*, in «Le Moyen Age», XCI, 1985, pp. 381–413.

8)　G. Mombello, *Per un'edizione critica dell' «Epistre Othea» di Christine de Pizan. III. Le quattro dediche,* in «studi francesi», ccv, 1965, pp. 1–12.

9)　Hindmann, *Christine de Pizan's «Epistre Othea»*, cit.

10)　McGrady, *What Is a Patron?*, cit., p. 194.

11)　*Ibidem*, p. 213.

12)　*Le Livre de l'advision Cristine*, cit., p. XI.

13)　*Lettere sul Romanzo della Rosa*, in *Il dibattito sul «Romanzo della Rosa»*, cit., pp. 23–24.

14)　*La città delle dame*, cit., pp. 423–427.

15)　*Le Livre de l'advision Cristine*, cit., p. XXIII.

16)　Rivera Garretas, *La «Querelle des femmes»*, cit., pp. 87–97, in partic. p. 94.

17)　T. Plebani, *Il «genere dei libri». Storie e rappresentazioni delle letture al femminile e al maschile tra Medioevo ed età moderna*, Milano, 2001.

18)　S. Groag Bell, *The Lost Tapestries of the City of Ladies. Christine de Pizan's Renaissance Legacy*, Berkeley-Los Angeles, 2004.

19)　図17参照。

20)　C. Gaspar e F. Lyna, *La bibliothèque de Marguerite d' Autriche*, Bruxelles, 1940, pp. 21–25.

21)　Groag Bell, *The Lost Tapestries*, cit., p. 87.

XIV　クリスティーヌと同時代人

1)　*Scrittrici mistiche italiane*, a cura di G. Pozzi e C. Leonardi, Genova, 1988, in partic. pp. 13–14.

2)　*Il libro di Margery Kempe*, con una nota di A. Morino, traduzione di M. Pareschi, Palermo, 2003. Cfr. C. W. Atkinson, *Mistic and Pilgrim: The Book and the World of Margery Kempe*, Ithaca-

London, 1983; *Il libro di Margery Kempe: autobiografia spirituale di una laica del Quattrocento*, a cura di G. Del Lungo, Milano, 2002.

3) カテリーナ・ダ・シエナについては，以下を参照。*Atti del Simposio internazionale cateriniano-bernardiniano* (Siena, 17-20 aprile 1980), a cura di D. Maffei e P. Nardi, Siena, 1982, parte prima, pp. 3-308, in partic. R. Brentano, *Catherine of Siena, Margery Kempe and a «caterva virginum»*, pp. 45-55 e C. Leonardi, *Caterina da Siena: mistica profetessa*, pp. 155-172.

4) *Dizionario Biografico degli Italiani*, s. v. *Giovanni D'Andrea*, compilat. G. Tamba, Roma, 2000, pp. 667-672.

5) M. L. King, *Isotta Nogarola, umanista e devota (1418-1466)*, in *Rinascimento al femminile*, a cura di O. Niccoli, Roma-Bari, 1991, pp. 3-33.

6) *Ibidem*, p. 11.

7) Zarri, *La memoria di lei*, cit., p. 21.

8) 本書184-185頁。

XV クリスティーヌと後継者

1) *Le livre de l'advision Cristine*, cit., p. 110.

2) *Le Livre des Trois Vertus*, cit., p. 225.

3) *Le livre de l'advision Cristine*, cit., pp. 89-90.

4) Cannon Willard, *Christine de Pizan. Her Life and Works*, cit., p. 165.

5) *Ibidem*, pp. 113-114.

6) *Epistre Othea*, cit., Introduction, p. 29.

7) C. J. Brown, *The Reconstruction of an Author in Print. Christine de Pizan in the Fifteenth and Sixteenth Centuries*, in *Christine de Pizan and the Categories of Difference*, cit., pp. 215-235, in partic. p. 215.

8) Cannon Willard, *Christine de Pizan. Her Life and Works*, cit., pp. 212-220.

9) *The Reception of Christine de Pizan from the Fifteenth through the Nineteenth Centuries. Visitors to the City*, ed. by G. K. McLeod, cit.

10) Cannon Willard, *Christine de Pizan. Her Life and Works*,

cit., pp. 211-223.

11) B. Gottlieb, *The Problem of Feminism in the Fifteenth Century*, in *Women of the Medieval World*, ed. by J. Kirshner and S. F. Wemple, Oxford, 1985, pp. 337-364.

12) R. Thomassy, *Essai sur les écrits politiques de Christine de Pizan*, Paris, 1838.

13) Gottlieb, *The Problem of Feminism*, cit., p. 359.

14) M. T. Lorcin, *«Seulete suy et seulete vueil estre...»*, in *Context and Continuities*, cit., pp. 549-560, in partic. p. 549.

15) Altmann, *Christine de Pizan, First Lady of the Middle Ages*, cit., in partic. p. 21. M. Corgnati, *Le artiste e il cibo dall'impressionismo alle video performances*, in *Il cibo e le donne nella cultura e nella storia. Prospettive interdisciplinari*, a cura di M. G. Muzzarelli e L. Re, Bologna, 2005, pp. 183-199, in partic. p. 191.

ハッピーエンド

1) *Le Ditié de Jehanne d'Arc*, ed. by A. Kennedy and K. Varty, Society for the Study of Mediaeval Languages and Literature (Medium Ævum Monographs, New Series IX, Oxford, 1977. イタリア語訳は Tomacelli, *Le figlie di Raab*, cit., pp. 191-223.)

2) E. J. Richards, *Christine de Pizan and Jean Gerson: An Intellectual Friendship*, in *Christine de Pizan 2000. Studies on Christine de Pizan in Honour of Augus J. Kennedy*, cit., pp. 197-208.

3) Pernoud, *Storia di una scrittrice medievale*, cit., p. 160.

4) C. Reno, *Virginità as an Ideal in Christine de Pizan's «Cité des dames»*, in *Ideals for Women in the Works of Christine de Pizan*, ed. by D. Bornstein, Ann Arbor, Michigan Consortium for Medieval and Early Modern Studies, 1981, pp. 69-90.

5) 寡婦については, *Upon My Husband's Death. Widows in the Literature and Histories of Medieval Europe*, ed. by L. Mirrer, Ann Arbor, 1992; K. Brownlee, *Widowhood, Sexuality and Gender in Christine de Pizan*, in «Romanic Review», LXXXVI, 1995, pp. 343-353.

6) *Le Livre de l'advision Cristine*, cit., III, VI, pp. 99-106. Cfr. Cerquiglini-Toulet, *Christine de Pizan: dalla conocchia alla penna*, cit., in partic. p. 83.

7） Tomacelli, *Le figlie di Raab*, cit., p. 193.

8） Tomacelli, *Le figlie di Raab*, cit., p. 143 に記述がある。

9） 数ある著作のなかでも，以下の特色ある書を参照のこと。G. Krumeich, *Jeanne d'Arc in der Geschichte, Historiograhie, Politik, Kultur*, Sigmaringen, 1989 及び M. Gordon, *Joan of Arc*, New York, 2000.

10） Tomacelli, *Le figlie di Raab*, cit., p. 199.

11） *Ibidem*, p. 197.

12） *La città delle dame*, cit.

13） Tomacelli, *Le figlie di Raab*, cit., p. 207.

14） *Ibidem*.

15） *La città delle dame*, cit., p. 435.

16） *Ibidem*, p. 45.

17） Caraffi, *Christine de Pizan e la Città delle Dame*, cit., p. 573.

18） A. J. Kennedy, *La date du «Ditié de Jehanne d'Arc»: réponse à Anne D. Lutkus et Julia M. Walker*, in *Au champ des escriptures*, cit., pp. 759–770, in partic. p. 760.

19） R. Brown-Grant, *Christine de Pizan and the Moral Defence of Women*, cit., p. 4.

作品年譜

＊クリスティーヌ・ド・ピザンの著作を年代順に並べ，さらに主要な版とイタリア語版の情報を載せる。
＊韻文作品については，以下の版が参照しやすい。
Œuvres poétiques de Christine de Pizan, éd. M. Roy, Didot (Société des Anciens Textes Français»), Paris, 1886-1896, 3 voll. Rist. anast. New York-London, 1965.

1399年

『愛神への書簡』(*Epistre au Dieu d'Amours*)

Poems of Cupid, God of Love: Christine de Pizan's «Epistre au Dieu d'Amours» and «Dit de la Rose», Thomas Hoccleve's «The Letter of Cupid», ed. T. S. Fenster and M. C. Erler, Brill, Leiden-New York, 1990.

1400年

『二人の恋人の論争』(*Le Débat de deux amants*)

『三つの愛の審判の書』(*Le Livre des Trois Jugements amoureux*)

『ポワシーの物語の書』(*Le Livre du Dit de Poissy*)

B. K. Altmann, *The Love Debate Poems of Christine de Pizan: «Le Livre du Débat de Deux Amants», «Le Livre des Trois Jugements», «Le Livre du Dit de Poissy»*, University Press of Florida, Gainesville, 1998.

1400-01年

『オテアの書簡』(*Epistre Othea*)

Epistre Othea, éd. critique par G. Parussa, Droz, Genève, 1999.

『道徳的教訓』(*Enseignemens moraux*)

Œuvres poétiques de Christine de Pizan, cit., vol. III, pp. 27-44.

『道徳的格言』(*Proverbes moraulx*)

Les «Proverbes moraulx» de Christine de Pizan, éd. J.-F. Kosta-Théfaine, in «Le Moyen Français», 38, 1996, pp. 61-78.

1401-02年

『薔薇物語に関する書簡の書』(*Le Livre des Epistres sur le «Roman de la Rose»*)

Le Débat sur le «Roman de la Rose», éd. E. Hicks, Champion, Paris, 1977(rist. 1996); trad. it. in Ch. de Pizan, G. Col, J. de Montreuil, J. Gerson, P. Col, *Il dibattito sul «Romanzo della Rosa»*, a cura di B. Garavelli, Medusa, Milano, 2006.

1402年

『薔薇の物語』(*Le Dit de la Rose*)

Œuvres poétiques de Christine de Pizan, cit., vol. II, pp. 29-48.

1402-03年

『聖母の祈り』(*Une Oroison Nostre Dame*)

『聖母の十五の喜び』(*Les Quinze Joyes Nostre Dame*)

『わが主の生涯と受難に関する祈り』(*Une Oroison de la vie et passion Nostre Seigneur*)

Œuvres poétiques de Christine de Pizan, cit., vol. III, pp. 1-9; 11-14; 15-26.

『長き研鑽の道の書』(*Le Livre du Chemin de long estude*)

Le Chemin de longue étude, édition critique du ms. Harley 4431, éd. A. Tarnowski, LGF, Paris, 2000.

1403年

『羊飼いの物語』(*Le Dit de la Pastoure*)

M. V. Reese, *A Critical Edition of Christine de Pizan's «Dit de la Pastoure»*, Ph. D. diss., University of Alabama, 1992.

『運命の変転の書』(*Le Livre de la Mutacion de Fortune*)

Le Livre de la Mutacion de Fortune, éd. S. Solente, Picard, Paris, 1959-66, 4 voll.

1404年

『ユスターシュ・モレルへの書簡』(*Une Epistre a Eustace Morel*)

«L'Epistre a Eustache Morel» de Christine de Pizan, éd. J.-F. Kosta-Théfaine, in «Le Moyen Français», 38, 1996, pp. 79-92.

『賢明王シャルル五世の武勲と善行の書』(*Le Livre des fais et bonnes meurs du sage roy Charles V*)

Le Livre des fais et bonnes meurs du sage roy Charles V, éd. S. Solente, Paris, 1936-40, 2 voll (Champion, Paris, 1977).

1404-05年

『真の恋人たちの公爵の書』(*Le Livre du Duc de Vrais Amans*)

Le Livre du Duc de Vrais Amans, ed. T. S. Fenster, Center for Medieval and Early Renaissance Studies, State University of New York at Binghamton, 1995.

『女の都の書』(*Le Livre de la Cité des Dames*)

«Le Livre de la Cité des Dames» of Christine de Pizan: A Critical Edition, Ph. d. (diss. Vanderbilt University, 1975, 2 voll.; trad. it. *La Città delle Dame* (ed. E. J. Richards), a cura di P. Caraffi, Luni, Milano, 1997)

1405年

『三つの徳の書，あるいは女の都の宝典』(*Le Livre des Trois Vertus ou Le Trésor de la Cité des Dames*)

Le Livre des Trois Vertus ou Le Trésor de la Cité des Dames, éd. C. Cannon Willard et E. Hicks, Champion, Paris, 1989.

『フランス王妃イザボー・ド・バヴィエールへの書簡』(*Epistre à Isabelle de Bavière, reine de France*)

A. Kennedy, *Christine de Pizan's «Epistre a la Reine» (1405)*, in «Revue de langues romanes», 92, 1988, pp. 253-264.

『クリスティーヌの夢の書』(*Le Livre de l'advision Cristine*)

Le Livre de l'advision Cristine, éd. critique par C. Reno et L. Dulac, Champion, Paris, 2001.

1405-06年

『人間の誠実さに関する書』(*Le Livre de la Prod'ommie de l'omme*)

『賢明さについての書とよりよく生きるための教訓』(*Le Livre de Prudence a l'enseignement de bien vivre*)

1406-07年

『政体の書』(*Le Livre du Corps de Policie*)

Le Livre du Corps de Policie, éd. A. Kennedy, Champion, Paris, 1998.

1402-10年

『他のバラードとさまざまな主題のバラード』(*Autres ballades o Ballades de divers propos*)

『恋の哀歌』(*Une Complainte amoureuse (II)*)

Œuvres poétiques de Christine de Pizan, cit., vol. I, pp. 241-269; 289-295.

『恋人と奥方の百のバラード』(*Cent Ballades d'Amant et de Dame*)

Cent Ballades d'Amant et de Dame, J. Cerquiglini-Toulet, Union

Générale d'Éditions, Paris, 1982.

1409年

『七つの寓意的詩編』(*Sept Psaumes allegorisés*)

Les Sept Psaumes allegorisés, ed. R. Ringland Rains, The Catholic University of America, Washington, D. C., 1965.

1410年

『軍務と騎士道の書』(*Le Livre des Fais d'armes et de chevalerie*)

Ch. Moneera Laennec, *Christine «Antygrafe»: Authorship and Self in the Prose Works of Christine de Pisan, with and Edition of B. N. Ms. 603 «Le Livre des Fais d'Armes et de Chevallerie»*, Ph. D. diss., Yale University, 1988.

『フランスの諸悪についての嘆き』(*La Lamentacion sur les maux de la France*)

Mélanges de langue et littérature françaises du Moyen Age et de la Renaissance offerts à Charles Foulon, Institut de Français, Rennes, 1980, vol. I, pp. 177-185.

1412-13年

『平和の書』(*Le Livre de la Paix*)

The «Livre de la Paix» of Christine de Pisan, éd. C. Cannon Willard, Mouton, The Hague, 1958.

1414-18年

『人生の牢獄からの書簡』(*Epistre de la Prison de vie humaine*)

Christine de Pizan's «Epistre de la Prison de vie humaine», éd. A. Kennedy, Grant & Cutler, Glasgow, 1984.

1420年

『わが主の受難に関する瞑想の祈り』(*Les heures de contemplacion sur la Passion de Nostre Seigneur*)

1429年

『ジャンヌ・ダルク讃歌』(*Le Ditié de Jehanne d'Arc*)

Le Ditié de Jehanne d' Arc. Society for the Study of Mediaeval Languages and Literature (Medium Ævum Monographs, New Series IX), ed. A. Kennedy and K. Varty, Oxford, 1977.

Trad. it. in P. Tomacelli, *Le figlie di Raab. La donna nel medioevo francese e il femminismo politico di Christine de Pisan*, Arcipelago, Milano, 1998, pp. 191-223.